新潮文庫

命あれば

瀬戸内寂聴著

目次

水上勉さんをしのぶ夕
快老米寿の人
正月の死
歴史の流れの堰に
もういない人たち
妖怪聖家族
ふたり　太郎と敏子
現代の妖怪
柚子湯
稀有な夫婦愛
勧進帳と弔辞
やがて来るその日のために

第四章　どちらを向いても嘆かわしい　115

第六章　好奇心が長寿の秘訣　175

命あれば

第一章　京都・嵯峨野《さがの》に暮らす日々

美しい日本の乏しい危機感

京都の秋は美しい。殊《こと》にも嵯峨野《さがの》の秋こそ美しい。昔の嵯峨野を愛した人たちは、今の嵯峨野は、新しい家が建てこみ、竹藪《たけやぶ》が消え、すっかり変ったと嘆く。それでも私は、日本国中で嵯峨ほど、美しい所はないと思っている。だからこそ、これ以上新しい家など建ってほしくないと思う。

しかし、これはずいぶん勝手な言い分で、私もまた、二十八年前に、嵯峨野に割りこんできて、家も建ててしまった闖入者《ちんにゅうしゃ》である。

私がここに寂庵《じゃくあん》を建てた時は、千坪の土地が不動産業者によって造成され、木も草もなかった。

業者は、千坪全部でなければ売らないといい、すったもんだの末半分を銀行に借金して買うことになった。その頃は銀行は気前がよく、いっそ千坪全部買えとしきりにすすめてくれた。全額貸してやるという。しかし私の五十一歳の時だから、死ぬまでに払うには百まで生きねばならないと恐れをなし、半分にした。その時はあんまり安くて、水が出ないのではないか、幽霊が出るのではないかなど心配してくれる人もいた。隣が墓地なので気味が悪いという人もいた。

私が泣く泣く借金して五百坪買った後、そのまわりの土地はとたんに急騰《きゅうとう》した。借金はどうやら死ぬ前にきれいに払い、私はむきだしの赤土だった土地に樹《き》を植えつづけ、今では小さな森のようになった。

まわりにはその後も家が建ちつづけ、藪も畠《はたけ》もあれよあれよという間に消えさっていった。

たしかに昔の嵯峨野を思えば、全く様変わりした。それでも、小倉山も曼陀羅山《まんだらやま》も、嵐山《あらしやま》も亀山《かめやま》も昔のままにあり、川も池も王朝の場所にたたえられ、流れている。戦場になっても爆撃を受けたことのない風景は、悠然と自然の美を保ちつづけている。

昔も戦いのある場合、庶民は身ひとつで住居を捨て逃げ惑い、わずかな貯《たくわ》えも、つつましい一家団欒《だんらん》の平和も奪われ、命さえも奪われた。

一人一人が名乗りをあげ、刀や槍《やり》を振り廻す昔の戦争は悠長であり、最後はどうと馬から落ち組んずほぐれつして戦うなど、のんびりしていたが、今の戦争は一挙に大量虐殺《ぎゃくさつ》だから残酷悲惨を極める。

まだ止《や》まないアメリカのアフガン大空爆のテレビニュースを見る度、もう止めてほしいと、たまらない気持ちになる。誤爆で庶民を殺したと、けろりと言うだけで、すまされる問題だろうか。

ノーベル賞作家川端康成《やすなり》氏が「美しい日本」と自慢した日本の自然も人も、今や風前の灯だというのは言い過ぎだろうか。それにしては危機感オンチの日本人の楽天性はどこまで底抜けなのだろうか。


（2001・10・21）

寂庵の行方

昨年十二月十二日の本紙に、寂庵を私が京都市に寄附するという話が写真入りででかでかと出た。びっくりしたのは、寂庵の持主の私である。

京都新聞から、正式に何の取材も受けてはいない。初対面の若い記者があるパーティーの席で寄ってきて、そんなことを訊《き》いてきた。何も決ったことではないし、京都市からも口止めされている段階なので、何も答えられないと断り、一言もそれについては話していない。それなのにあの記事である。しかも内容はまちがいだらけで、私が京都府に申しこんだが、府と意見が合わず断ったというようなことがある。そんな事実はない。知事さんにそういう話をパーティーの席でちょっとしたが、行政は事の運びが遅いので、何も正式に話し合っていないままに終った。そのうち京都市との話がはじまったというだけで、府にあんな記事で迷惑をかけたようで不愉快であるし、相すまない。

報道の正確さがなくて、新聞を信用出来るだろうか。私に相続人がいないから寄附するとあったが、とんでもない。私には娘が一人あり、孫も二人あり、れっきとした法定相続人である。

なぜ、私が寂庵を寄附することなど思いついたかと、一言で言えば、私の布施《ふせ》である。

私は徳島の人間だが、京都市に長年住まわせてもらい、税金もおさめつづけている。冷たいと世評の高い京都の人々からは、ずっと私は好《よ》くしてもらい、居心地よく仕事させてもらってきた。意地悪など一度もされたことはない。

京都でどれだけたくさんの枚数の原稿を書いたことか。その上、出家して以来は、嵯峨に寂庵を結び、そこに根を生やし、自分なりの宗教活動も充分させてもらってきた。京都に深く恩を感じているからこそ、将来、寂庵を、京都のために有効に使っていただければいいという布施の心から発した案である。幸い相続人は私に似て無欲な人間なので、私のビジョンに文句などつけないというだけだ。よくも知らずに調べもせずに、いい加減なことを書くのは報道の暴力である。

私は身一つで家を出て以来、ペン一本で五十年を生きてきた。寂庵は草一本生えていなかった造成地であった。そして草ひとつ、木一本と植えつづけ、二十七年たった今では、鬱蒼《うっそう》とした庭になっている。お金がないので高価な樹はないが、私が好きで選び、また篤志家《とくしか》から一本ずつ布施していただいた木や花で一杯になっている。布施者はみな亡《な》くなり、いただいた樹だけが年毎《としごと》に大きく森のようになったのも感無量である。

この自他の愛のこもった場所を、府でも市でも、京都の役に立つよう使ってくれたら本望であり、私にも様々な夢のある企劃《きかく》もある。

また、ここへ来て急に、もっと国際的に使わせてほしいという話も押し寄せている。みんな魅力的な有意義な話で、私は心があれこれゆれ動いている。

行政は、一人の意見ではことが決らない。反対する人も必ずいるだろう。無理にもらってくれと言っているわけではない。

あの記事のおかげで、連日、たくさんの問い合わせが来て本当に迷惑している。自分に売らせてくれという不動産業者まで何人か出現した。

私には私のビジョンがあっての計劃である。夢は大きい。生きている間に寂庵の行方を見とどけたいという想《おも》いはある。

庭の手入れが出来かねるから寄附するというような記事になっていたが、私が死んでも当分、寂庵の庭くらいはまかなえる印税が入るであろう。大きなお世話である。

京都新聞は私が抗議したら、丁重にあやまってくれ、この欄に思うことを書いてもいいと許可されたので、この際本当の話を書かせてもらった。
あの記事で御心配して下さった方々に、御放念いただきたいと思う。最後にこの件で、私は誰にも相談していない。すべては私の一存から出たことであり、御破算としても、すべては私一人の責任である。

（2001・1・14）

文化への愛と情熱

宇治市の源氏物語ミュージアムの開館初日は、二千五百人の来館者があった。名誉館長として、当日開館前から私も出かけ、休日の来館者を入口でお待ちし、一人一人に挨拶《あいさつ》した。

開館前から八十人ほどの人々が待って下さっていたが、私は百人以上の人の列を期待していたので、内心おおいに不安だった。しかし、快晴にも恵まれ、時間を追う毎に来館者の数は増し、午前中で約千人入った。

午後は何年も前からの約束の講演が京都であったので、宇治市内で当日の午後あった紫式部文学賞の授賞式にも出られず、気にしながら寂庵にもどった。

夜になって、ミュージアムからファックスで、二千五百人の入りと報告されて感動した。

金欲、物欲、権力欲ばかりが横行していて、ろくでもない事件ばかりが起こっている、この絶望的世紀末世相の中に、文化に憧《あこが》れ、古典を愛し、文学に親しもうとする人々が、かくも多いかと思うと、ほんとうにありがたい気がする。この建物が、町おこしに利用されようが、地域発展の具に使われようが、結構なことである。

京都も、須磨《すま》、明石《あかし》も、源氏物語の舞台になっている。しかし宇治ほど自然が、千年前の物語の舞台の俤《おもかげ》を残しているところは少ない。行政がそこに目をつけ、源氏物語の中でも、特に宇治十帖《じょう》を大切にし、市のシンボルのようにPRして来たのは、賢明であった。

今、日本のあらゆる市町村に、公会堂やら文化会館が建ち並んでいる。例の竹下内閣の一億円ばらまきの効果なのだそうだが、建物は建ったものの、その後の使い様がわからず、いたずらに立派な建物があくびをしたり居眠りしている。建物の中味が大切で、その生きた活用をしないと宝の持ち腐れとなり、税金の無駄遣いとなるだけだ。

文化とは、人間が幸福に生きるための栄養素である。

自国の古来からの文化に目覚め、それを大切に守り、子孫に伝承してゆくことが、人間の役目である。

この間の颱風《たいふう》で、千年と保って来た文化遺産の塔や寺が、無惨《むざん》に破壊された。形あるものは滅びるというのが、仏教の思想である。どんなすばらしい世界文化遺産でも、形あるものはいつかは滅びる。

それに対して、文学や音楽や劇などは、永遠に後世に伝えることが出来る。戦災も天災も、それを滅ぼすことが出来ない。

一つの和歌が、二千年後の国民の魂を、揺り動かすことも出来るのだ。

文化を守るのは金ではない。建物を建てるには資金が必要だ。しかし建物に魂を吹きこみ、それを生かすのは、人間の文化に対する愛情と情熱である。

源氏ミュージアムを今後どう生かすかは、宇治市の、京都府の、ひいては日本のすべての人々の、文化への愛と、それを守る熱意にかかっている。


（1998・11・15）

声明《しょうみょう》の夕べ

鴨川《かもがわ》べりの南座で、声明の会があった。

声明とは、日本仏教で僧の唱える声楽の総称である。お経に節のついた声楽と思えばいい。インドに仏教を釈尊がうち立てた時、ほとんど同時にインドに起こったものという。

あらゆる宗教の、祈りの最初のことばは、自然に節がついていたのではないだろうか。感極まった時、人は思わず天を仰ぎ、両掌《りょうて》をしっかりと合わせ、口には自然に祈りのことばがほとばしって出る。自分以外の、何か目に見えない大いなるものへの畏《い》敬《けい》のあまり、心の底からほとばしる熱い想いが口をついて出る。それこそが宇宙の生命に対する人間の切ない呼びかけであり、その声に旋律、リズムがついていたのであろう。

キリスト教のグレゴリオ聖歌も、黒人霊歌も、神への祈りから始まっている。

サンスクリット語（梵語《ぼんご》）のシャブダ・ヴィドゥヤの音写が声明で、梵唄《ぼんばい》とも呼ばれて、仏教の古典儀式には欠かすことが出来なくなった。

日本の仏教の各宗派にそれぞれ声明があるが、中でも天台声明がもっとも代表的である。慈覚大師円仁《えんにん》が唐から将来したもので、円仁の伝えた声明は、大原に根を下ろした。中国山東省の魚山《ぎょさん》で、始められたという故事によって、大原三千院の山号は魚山とつけられている。

声明は、やがて日本の仏教の法儀に欠かせないものとなった。

南座では、有形文化財に登録されたのを記念して、一九九七年に金剛界曼荼羅供《まんだらく》を、舞台で修している。本来、寺院の中や庭で行われる声明が、劇場の舞台で行われたので、はじめて声明を聞き、そのおごそかな儀式を拝した人々を驚かせた。

この七月十二日の夕べに行われたのは、「天台声明、庭儀曼荼羅供」と呼ばれるもので、大原魚山声明研究会が中心になり、大原実光院《じっこういん》の天納傳中《あまのでんちゅう》大僧正が、導師をつとめ、構成指導に当られた。

これに平安雅楽会の人も参加して、舞台には荘厳《そうごん》で華麗な法儀が現出し、観客は、千年昔の王朝に招待されたような気持ちになった。

儀式の中で、雅楽の舞人の「万歳楽」「蘭陵王《らんりょうおう》」が舞われたので、いっそう華やかであった。

声明こそが、能楽、浄瑠璃《じょうるり》、長唄《ながうた》から、浪曲、演歌にいたるまでのあらゆる邦楽の原点だということを、もっと人々に知ってほしいものだ。

（2000・7・16）

女性仏教文化研究センター

三月二十八日、大阪府の山片蟠桃《やまがたばんとう》賞の授賞式があり、第十八回目は、コロンビア大学名誉教授バーバラ・ルーシュさんが受賞された。

この賞は司馬遼太郎《りょうたろう》さんの発想から作られたものだと聞いている。一般にはあまり知られていない町人学者の山片蟠桃の業績を記念するもので、受賞者は、第一回のドナルド・キーン氏をはじめ、日本文化を研究し、世界に日本文化を拡《ひろ》めてくれた人々が選ばれている。

バーバラさんはドナルド・キーンさんの愛弟子《まなでし》に当たり、ニューヨークにドナルド・キーン日本文化センターを設立した功労者である。また、ペンシルベニア大学、コロンビア大学で中世日本文学を教えられ、その研究室も設けられている。

アーラム大学を卒業直後、大阪へ来て、戦後の大阪の町の復興に数年間ボランティア活動をしているし、後に京都大学で学ばれ、京都暮らしも長い。関西訛《なま》りのやさしい日本語で、日本人よりずっと正しい上品な日本語を話される。

今度の授賞式では日本語で「無外如大禅尼《むがいにょだいぜんに》の今日的意義・私の学者としての道を変えたもの」という記念講演を堂々とされた。スライドをたくさん使った講演は、内容の高さ、難しさを、実に解り易《やす》く、全く仏教や学問に智識《ちしき》のない人々にでも、親しく語りかけてきて、名講演であった。近頃、私はこんなに深い、高い、そして面白い講演を聞いたことがなかった。

　無外如大禅尼というのは、日本ではじめて禅僧になった女性である。恥しながら、私はバーバラさんの著書によってはじめてこの偉大な女性仏教者の存在を教えられたのであった。また奈良絵本の研究家としても国際会議を組織し指揮している。『もう一つの中世像』では中世の女性が歴史に果した役割に光をあててくれた。一九九八年にはニューヨークで「無外如大禅尼七〇〇年遠忌法要」のイベントを主催し、日本から尼門跡尼《あまもんぜきに》を招待して、厳粛で美しい法要をアメリカ人に見せ、驚嘆させている。

　今度の受賞に先だち、九一年に南方熊楠《みなかたくまぐす》賞、九二年に女性史青山なを賞の特別賞を受賞している。九九年には勲三等宝冠章も受章されている。

　外国人なのに、こんなに日本の文化に全力的に没頭研究してくれていることはこの上なく有難い。

私はバーバラさんと二人で、最近「女性仏教文化研究センター」を構想し、その看板を私の仕事場にかかげた。将来、寂庵をその根拠地として、世界に研究の成果を拡げていこうと、二人ではりきっている。今のところ、たった二人だけの会員だけれど、必ず多くの識者や研究家の応援をいただけるものと信じている。文化とは地道にこつこつと地味な努力を積み重ねるところに花開くものと、二人で語り合っている。

（2000・4・2）

文化ボランティア運動

京都市では二〇〇三年二月から「文化ボランティア制度」を発足させている。

これは、文化や芸術活動をサポートしてくれるボランティアを募集する制度で「文化ボランティア制度」と名づけられている。

まず三月に、「全国文化ボランティア交流会」が文化庁、京都府と共催で、左京区の京都コンサートホールで開催された。全国規模の文化ボランティア交流会は全国初という。全国各地の文化施設で活動するボランティアたち約四百五十人が参加したそうだ。

それに先立ち、会のアドバイザーに選ばれた各分野の十一名のうち六名が出席して、第一回のアドバイザー会議というのを開いた。私もその一人に選ばれていたので、仕事で上京していたが、八時台の列車で帰洛《きらく》し、駅から会場へ直行した。

ボランティアの語源はラテン語のvoluntās（意志）だそうで、社会奉仕に自ら進んで無償で参加する人をいう。もとは義勇兵のことをいった。つまり「志願兵」をさしていた。

自分のすることを、あるいは労働を、即、金銭に換算する考え方の対極にあるものである。無償の奉仕には、深い愛の裏づけがなければ続かない。戦前の日本の、特につつましい庶民の暮らしの中では、無償の奉仕がごく当たり前に行き渡って、当然のようにさりげなく行われていた。

戦後の教育は、そういうものを排除してきたので、子供でもちょっとお使いに行ったり、用を手伝うと、当然のようにその代金を親に要求する。他人の苦労や心配にはできるだけ目をそらせ、かかわらないようにする。

そんな考え方が日本人の心を冷たくし、他国の苦しみや、飢えている子たちにも無関心の、恥ずかしい心や態度を育ててきてしまった。

あらゆる宗教には無償の奉仕の教えがある。

どんな形にしろ、ボランティア精神を広め、無償の奉仕の喜びを人々によみがえらせることはいいことである。

アドバイザーたちの役目というのは、この会の運営に役立つ意見を述べたり、企画を考えたり、自分のできる立場で奉仕活動にも率先することであろう。

多忙を極める文化庁長官の河合隼雄《かわいはやお》氏をはじめ、柏原康夫《かしはらやすお》氏（京都銀行頭取）、上村淳之《あつし》氏（京都市立芸術大学副学長、画家）、村田純一氏（京都商工会議所会頭、村田機械社長）、池坊《いけのぼう》由紀氏（池坊次期家元）が集まり、活発な意見を交換した。

二月十日から募集して、三月現在、ボランティア参加申込者は百八十一、うち個人百七十四、女性七十五％、年齢は五十代から六十代が最多という。

なかなかの活気ある申し込み状況で、頼もしい。

せっかく盛り上がってきた文化ボランティアの行方を発展させるよう協力することがアドバイザーたちの最も大切な役目であろう。さて、私にできることはと、考えこんでいる。

（2003・3・16）

老春のパワー

京都の名物といえば、お寺、祇園《ぎおん》、茂山《しげやま》狂言といってもいいだろう。中でも茂山狂言はここ十年ほどパワーが強烈に育ち今やその勢いのとどまるところがない。

一族の頂点に立つ長老が、人間国宝の千作翁《せんさくおう》である。千作さんが今年十二月に米寿を迎えられる。茂山家は代々御長命の家柄だという。これは体質もあるだろうが、声を出すことと、舞うことの稽古《けいこ》を激しくたゆみなくつづけている効果だろうか。

そそっかしい私は、なぜか長い間、私と千作さんは同い年だとばかり錯覚していた。ほんとうは私より三歳年長だったのだ。私が錯覚したのは、ふとした縁で三十数年前から私は茂山家と親しくなり、まるで親類づきあいのような気持でつきあってきた間、いつでも千作さんはいきいきと若々しく、活力にみちていられたせいもあったのだろう。

さすがにここ数年くらい前からは、名代《なだい》の老優という貫禄《かんろく》と共に、床《ゆか》しい老いの円熟が加わって、壮年期にはないおだやかさと慈悲のようなやさしさが匂《にお》うようになっていた。

「もうあきまへんわ、老いぼれて、耳も目も弱り、体も思うようについてこん。それでもまだあきらめてはしまへんで。ここまで生かしてもろたのやから死ぬまで、舞台は元気につとめさしてもらうつもりです」と、力のこもった声で言ってくれる。

『笑いの構造』という名著を書かれた梅原猛《うめはらたけし》氏にスーパー狂言を依頼したのは千作さんの弟の千之丞《せんのじょう》さんだが、梅原さんはそれに応《こた》えて見事な新作狂言を書きあげた。諫早湾《いさはや》の干拓事業を風刺したもので、演出はその道の名手の千之丞さんである。千作さんがゴルフのクラブを持って舞台にあらわれた瞬間、観客はどっと笑ってしまう。何もしないのに存在そのものだけで、人を愉《たの》しくさせ笑わせるパワーがある。それが大成功したので梅原さんはたてつづけに「クローン人間ナマシマ」と「王様と恐竜」を書き、これも茂山一家総出で舞台にかけ、共に大成功だった。狂言ブームが年と共に沸きたち、若い観客も動員するようになった。そのうち私も茂山家から狂言の台本の依頼を受け「居眠り大黒」を書いた。千之丞さんからこっそり「千作さんもお年だから、なるべくせりふはなく、動きの少ない主役で」といわれたので、苦心して、比叡山《ひえいざん》の大黒さまに居眠りしてもらう狂言を書いた。

ところが、千作さんはいざ舞台に上ると、昔演じた大黒の旧《ふる》い狂言の長せりふを劇中にいれ、朗々と歌いあげてくれた上、若い人たちでかついで引っ込みにしたところを、しゃんと立って踊りながら賑《にぎ》やかに引っ込んでくれた。やんやの拍手がとどろいた時、私は感動の余り涙を流していた。

米寿記念狂言会では、女役ばかりの「庵梅《いおりのうめ》」という稀曲《ききょく》で老尼になられたが、公演前、舞の中でおいどをぷりんぷりん振るのやとはりきっておられた。何と愉しい老春のパワーであろう。

（2007・10・6）

灯りを消そう

地球温暖化防止の京都議定書が二〇〇五年二月十六日に発効してから、来月で三周年になるという。それを記念して、府や市や商工会議所など八団体が「脱温暖化行動キャンペーン」を呼びかけ一斉消灯の時を設け、温暖化防止に対する姿勢を示すという。

二月十五日午後七時から二時間ばかり京都は一斉に照明などを消し、温暖化防止の姿勢を示すそうだ。

源氏物語千年紀のキャンペーンが予想以上の効果をあげて日を追うにつれ、京都ばかりか日本各地で、千年紀の催しが打ち上げられているのを見るにつけ、何かを企てたら、あらゆる情報網を使って、ＰＲし、根気よく趣旨を訴えることは無駄ではないと思う。温暖化防止は、今や世界じゅうで緊急の解決を望まれている。人類が亡びるかどうかの危機感が、ようやく世界の人々の心に達してきたということである。温暖化を導いたものに、人間の欲望が大きく作用していることを、今では誰でも知っている。楽をしたいために、無制限に灯りをつけっ放し、冷暖房機をフルに動かしている。

千年前の源氏物語が書かれた平安時代は、灯油は高価で、皇宮や貴族の邸《やしき》でも、夜は灯りがきわめて少なかった。まっ暗な廊下を手さぐりで歩き、女の部屋にしのんで行き、そこもまっ暗の中で、手さぐりでことを行うから、よく相手をまちがえて、とんでもない悲劇や喜劇が生れた。

今は、深夜族が増える一方で、徹夜で仕事をする会社は一晩中あかあかと灯りがつけっ放しである。

自分の職業柄、新聞社や出版社や、放送局を深夜訪れることも少なくないが、どこでもあかあかと灯りが輝いていて、そんな時間でも仕事をしている人が多い。そういう私自身がまた、徹夜で仕事をする癖が止まず、この年になっても書斎は夜通し、灯りはつけっ放しである。

電灯を発明したエジソンは、まさか自分の発明がこれほど世界じゅうから夜を奪い、地球を温暖化させすぎ、そのため、地球の終末を招きかねない危機を迎えようなど想像もしなかっただろう。

それでも私の子供の頃、八十年も昔になるが、家々には年寄がいて、

「電気をつけっ放しではもったいない。罰が当る」
と口やかましくいって消して廻っていた。お米や野菜の中にも仏さまがいらっしゃると、子供に教えていた老人は、電気の中にもまた仏さまがいらっしゃると信じていたのだろう。

今、私はれっきとした老人となって、家じゅうの電灯をこまめに消して廻っているが、その一方で、仕事場の灯りは天井と手許《てもと》に二つもまぶしくつけて、朝まで仕事をするという矛盾をくり返している。せめて京都一斉ライトダウンの行事には進んで参加しようと思う。

（2008・1・26）

田んぼアートの初穂

源氏物語千年紀のイベントの一つとして、宇治の田んぼアートに田植をしたのは、つい昨日のように思えるのに、もう稲刈の時になっていた。

文化庁文化広報大使の立場で田植に参加したので、刈入れも参加するつもりだったが、当日雨になったので、小学生と父兄たちで行われた。私の発案で、かがしを作ってもらったが、その品評の結果の表彰式もあり、和気藹々《あいあい》のうちに刈入れは終った。田植の時にも参加してくれた宇治田楽の人々が、今度も出演してくれ、小雨をものともせず、田のあぜ道で楽しい田楽を奏し踊ってくれた。田植の時より、ぐんと上達していて、目を見はるような見事な出来栄《できばえ》だった。

一般の参加者も田植の時より増えていた。

子供たちも、田植の時より自信にみちた表情で、笑いかけてくる笑顔にも頼もしさがあった。

私には私の植えた初穂を贈ってくれた。古代米で染めたという品のいい薄紫の絹のスカーフもプレゼントされた。

食料危機が云々《うんぬん》され、外来の食品に事故つづきの時、もっと農業を見直し、日本古来の食生活の良さに改めて目を向けるべきではないだろうか。

テレビをつければ、どの局も競争で、料理番組が並び、食欲をそそる料理が作られている。出演者は誰もさも美味《おい》しそうにそれを頬ばり、舌つづみを打ってみせる。中には材料を揃《そろ》えるだけでも地方の田舎町では手に入れられそうもないものが並ぶ。果して、それだけの豪勢な料理を、手間暇かけて作る余裕のある主婦がどれほどいるだろうか。

食事の前、手を合せて感謝することを教えられ、それが習慣になっていた世代は、八十代の私たちで終りなのだろうか。

お米の中には仏さまがいらっしゃるから、一粒でも台所で流したり、食べ残せばバチが当たると、老人たちは孫に教えたものだ。

衣食足りて礼節を知るといわれてきたが、戦時中の飢餓の切ない記憶を持つ人々は、日を追って他界していく。

飽食に育った子供たちが働き盛りになった今、昭和のはじめの大不況をしのぐ世界経済の破たんが将来した。

毎日下りつづける株価が少々上りはじめたところで、いつまたどっと下るかわからない不安定な世界の経済情況になってきた。

家計に直接ひびいてくるのは食事代だろう。暑さ寒さは、何とか辛棒するすべもあるが飢餓感だけは救いようもない。

まず国民が飢えない生活をもたらしてくれる政治こそ望ましい。

戦争で殺されたり、飢えで死なされたりする日が二度と来ないことを祈りながら、自分で植えた稲の初穂をしみじみ眺めている。

（2008・11・1）

小さな町家

チベット学者で、その功績によって日本学士院賞を受賞している佐藤長《ひさし》氏が、昨年、九十三歳で亡《な》くなる直前、住まわれていた家を私に遺《のこ》していかれた。私はむしろ迷惑で、必死に断ったが、病気で寝ついてから頑固一徹になった老人は、頑として自分の主張を曲げない。その家はおそらく京都で一番小さい町家だろう。北京《ペキン》から引き揚げて以来、佐藤さん夫妻が住んでいた家である。健康そのものだった夫人が突然病没されて以来、佐藤さん独りがそこにいた。夫人が書斎用にと郊外に建てられた広い快適な家へも、毎日通うばかりで、夜は必ず小さな町家にもどっている。

佐藤さんと私の関わりは、一九四三（昭和十八）年秋、私が北京へ嫁いだ時、夫と同じ紅楼飯店《ほんろうふぁんてん》というマンションの住人として佐藤さんがいて、着いたその日から、私の作る下手な料理を毎日二食食べるという因縁による。佐藤さんは京都大学からの留学生だったが、戦争末期で日本との交通が不規則になり、学費が届きにくくなっていた。それを見かねた夫が、私に佐藤さんの食事も作れと命じたのであった。

料理は習う間もなく、下手だと告げてあったが、謙遜《けんそん》とでもとっていたのか、味噌《みそ》汁《しる》一つろくに作れない私に呆《あき》れはてた夫は、野菜の買い方から刻み方まで指導するはめになった。それは佐藤さんが北京で料理の上手な女性と結婚するまでつづいた。二年近かっただろう。

敗戦後、別々に引き揚げたが、私が離婚して京都に住むようになって以来、また交流が再開した。夫の友人だったけれど佐藤夫妻は私の味方をしてくれ、何かと面倒を見ていただいた。

私の仕事が軌道に乗り、年毎に忙しくなっていくのを、わがことのように御夫妻で喜んでくれた。

仕事をする上で時間がどれほど大切かということを、佐藤さんほど理解してくれた人はなかった。贈った本には必ず丁寧な感想を書いてきて下さる。停年後は佛教《ぶっきょう》大学の教授になって、後進の育成にも熱心だった。いつでも学問のことしか頭にない佐藤さんの清潔な生き方こそ、私が娘時代から憧れていた理想の学者の姿だった。

どういう因縁か、私はめったに訪れないのに、たまに見舞うと、佐藤さんの急病に立ちあった。救急車を呼んだり、病院に入院の手続きをしたりすることになる。そして最期《さいご》の時も、ほとんどつきっきりの世話をされていた夫人の妹さんが病室にいなくて、私が佐藤さんの臨終の傍にいた。看護師にいわれた通り、私はずっと佐藤さんの手を握り、さすりながら、北京での楽しかった日々の話を語りつづけていた。肉親の死に目にも、別れた夫や、恋人たちの臨終にも逢《あ》わなかった私が、佐藤さんの意識のなくなるまで、その手を握っていたというのは、どういう因縁だろうか。

町家はようやく改築をはじめ、もうすぐすっかり昔のままに完成する。好きなように使っていいと遺言されたこの家を、佐藤さんを顕彰するため、どう使えばいいかと、毎日考えつづけている。

（2009・1・31）

第二章　愛別離苦をのりこえて

家族と迎える正月こそ

正月に、東北の町や村から東京や関東の町に出稼ぎに出ていた夫や息子たちが、故郷のわが家に帰省する。今年は東北新幹線が八戸《はちのへ》まで開通したため、盆以来帰らなかった働き手の家族を迎えようと、留守家族たちに一段と弾みがついたようだ。

東北では、まだ一家の働き手が、そうして一年の大方を他郷に出稼ぎに行く習慣が続いている。

留守家族が老人一人という家も少なくない。息子たちの働き場所へ、その嫁や子供たちもついて行き、都会生活をし始めたからだ。

嫁や孫たちを迎えるため、留守家族は張りきって、寝具を干したり、正月の郷土料理を作ったりして、顔つきまで、期待と喜びに艶々《つやつや》してくる。

毎年、正月は岩手県の天台寺で迎える習慣がついて以来、私は檀家《だんか》の家族たちの久々の正月の団欒《だんらん》の様子を身近に眺めつづけてきた。

今年は、そうした家族たちの正月を見るにつけても、昨年から引きつづき問題が未解決のままの拉致《らち》被害者たちの、二十数年ぶりの故国での正月に想《おも》いを馳《は》せずにはいられない。

彼らはある日突然、理不尽に拉致され、袋づめにされ、北朝鮮へ運ばれて以来、故国日本の正月はしていないのだ。北朝鮮の生活の中のどの年あたりから、彼らが日本の正月を記憶の中から消し去っていったのか、本当の話を聞かせてほしいものだ。「日朝交渉」が去年の暮れから頓挫《とんざ》したまま、彼らはまたしても北朝鮮の自分の家族と引き裂かれ、離ればなれの正月を迎えている。

一度しかない生涯のうちに、二度も強制的な他からの力で、家族と引き裂かれ、痛恨の正月を迎えねばならないこの人たちの運命は、何という苛《か》酷《こく》で残酷なものであろう。同じく拉致されたと分かっていながら、一方的に死亡したと伝えられ、納得出来ないまま、彼《か》の地の家族の生存に夢をかけて、あきらめきれないでいる家族たちの心情を思いやると、痛ましくてならない。

国民には不可解な昇格をした田中均《ひとし》外務審議官の秘密のチャンネルといわれたミスターXと再交渉が始められるとか。いや、反田中グループが、秘密主義でないチャンネルと交渉を始め、近日中に、ハバロフスクで、プーチン大統領の仲介による小泉首相と金正日《キムジョンイル》総書記の日朝首脳会談が開催され、一挙に膠着《こうちゃく》状態が打ち破られ、拉致家族に朗報がもたらされるとかいうニュースも聞こえてくる。そう言っている間にも、北朝鮮から日本めがけて、核が飛び込んできかねない切実な脅威もわき起こっている。それより早くアメリカはイラクを攻撃するとか。

何がおきても不思議ではない不穏な世界である。何が何でも、家族の仲が裂かれる理不尽な戦争や拉致など、非人道的な不幸が、今年こそあってほしくないと切に祈るばかりである。

（2003・1・5）

ややこしい運命から

この原稿が新聞に載る時は、曽我《そが》ひとみさんと、北朝鮮に別れ住んでいた家族との再会も終わっているだろう。

今、目の前のテレビには、日本がさし向けたチャーター機に乗り込むジェンキンスさん（六十四）と長女の美花さん（二十一）、二女のブリンダさん（十八）の三人、ひとみさんが再会を必死で祈り待ち焦《こ》がれていた愛《いと》しい家族たちの姿が映し出されている。

伝えられていたより元気そうなジェンキンスさんは、杖《つえ》も用いず、空港の長い階段をしっかりした足どりで上っていた。二人の娘さんたちは、笑顔さえ浮かべて、おだやかな表情は明るかった。

ひとみさんは、

「はじめの子は、私が日本人なのでどうしても日本名をつけたかった。二人目の子は夫の国の名前をつけた」

と、どこかで語っていた。ということは、ジェンキンスさんは、結婚する時から、ひとみさんが拉致された日本人と知った上だったのだろう。

ひとみさんは、家族に再会したら四人で日本で、自分の生まれ育ったなつかしい佐渡で体を寄せあって暮らしたいと繰り返し言っている。硬い表情で「将軍さまのおかげです」と言った時の曽我ひとみはもういない。

先日、次の小説『秘花』のための取材で佐渡へ行った。案内してくれたタクシーの運転手が、曽我ひとみさんの現在住んでいる市営住宅や、生家や、拉致された場所にもつれていってくれた。

真昼、人一人通らない佐渡の道は、小雨に濡《ぬ》れて空気はしっとり落ちついていた。

私は前日観《み》た佐渡の人形芝居の山椒大夫《さんしょうだゆう》の悲劇を思い浮かべていた。母は盲目のため、ようようたずねてきた実の娘安寿を、杖で打ち据え殺してしまう。この母娘《おやこ》も人買いに拉致されて流浪《るろう》しているのだった。母と二人の子はその時、離れ離れになってしまう。彼等を襲った人買いは、ただの庶民で、「将軍さま」のような権力者ではなかった。目的ははっきりしている。単純明快に金もうけのためであった。

北朝鮮の拉致の目的は一向に我々には説明されない。たしかに拉致したと告白した将軍さまに、日本の総理はなぜその目的を問いただしてくれなかったのだろう。今となっては被拉致者は、外交政策の材料にされている。つまりは有利な金に換えられる取引の資《もと》にされているのだ。

「ややこしい人生になってしまったね」

と、はからずも洩《も》らした曽我ひとみさんの述懐が切実に聞こえた。誰が、何のために、こんなややこしい運命に、罪もないつつましい庶民を追いこんだのか。なぜまだ解明されていない人の境涯についても、強い追及ができないのか。

引きつづき被拉致者の悲運とその家族を、ややこしさから救い出す手段をゆるめないようにしてほしい。

（2004・7・11）

厄年の迷惑な置き土産

二〇〇四年は、戦後の日本の歴史の中でも稀《まれ》なる厄年であった。地震、台風の甚大《じんだい》深刻な被害を筆頭に、様々な天災、人災が数え切れないほど殺到してきたが、年の瀬になって、今、最大の問題として連日、ニュース面にかかげられているのは、北朝鮮の拉致問題である。

北朝鮮から渡された横田めぐみさんの遺骨が、日本での鑑定の結果、めぐみさん以外の二人の遺骨のよせ集めだと判明し、北朝鮮の不誠実な対応に、政府はふり回され、被害者の家族たちは、直ちに経済制裁せよと、怒りも限度を越えている。

大体、他国の国民を拉致するということ自体が、論をまたない理不尽極まる国家的犯罪なのだから、金正日総書記が拉致を認めた段階で、日本は北朝鮮の罪を許さず、強硬な態度を見せるべきではなかったかと、今更言ってみても始まらない。日本の外交は甘く、人の好《よ》さを見抜かれて、つまりなめられて、翻弄《ほんろう》されつづけている。

この期《ご》に及んでも、「経済制裁が実施されるなら、宣戦布告とみなす」などと開き直ってくる。過去に示した態度のすべてを見ても金正日が常識外の人物であり、その奇々怪々ぶりは、お人好しの日本人の理解の外の人物であることは明白である。果たして経済制裁の切り札に、どういう態度で臨んでくるかは想像も出来ない。

それにしても、遺骨の欺瞞《ぎまん》ぶりとか、めぐみさんのカルテのあまりにもひどい杜撰《ずさん》さなど、一体、日本人をどこまでコケにしているのかと呆《あき》れかえる。

「振り込め詐欺《さぎ》」などにまんまと引っかかる日本人の甘さにつけこんでいるのか。

横田めぐみさん一家の悲痛な訴えを聞く度に、それが自分の身の上に起こったことならと、思いやってみるべきである。

人の世の苦の中で最も辛《つら》いのは「愛別離苦」である。その中でも逆縁の死別ほど苦痛なものはない。逆縁とは、子供や孫に死なれることをいう。

その親御さんたちが、苦しさを訴えに来る度、慰めることばなど見出《みいだ》すことは出来ない。中には、その苦痛に耐えかねて、神経を病み、正常な判断を失う人も少なくない。

理由も分からず、ある日、突然、わが子を拉致され、目と鼻の先の他国に奪われた親の苦しみは、想像を絶するものがある。天災に負けないこの過酷な人災を、世界の正義と常識にも、もっと訴えて何等かの解決の突破口を開く政策が示されないものだろうか。

厄年の様々な置き土産の中でも、一日も早く新しい年に解決してほしい問題である。

（2004・12・26）

子ども手当とは

最近子供を産みたくない、子供は持たなくてもいいという考えの人が多くなったと、報じられている。私が子供の頃、八十年も昔のことになるが、町には子供があふれていた。小学校でも一クラス五十人で四組あった。

陰湿ないじめなど身近に見た覚えもなかった。クラスには金持ちの家の子も、貧しい家の子もいたが、子供どうしの中では、それが話題にもなっていなかった。金持ちの子にへつらう子などは見かけたことがなかったし、貧乏な子だからといっていじめられることもなかった。

学校では先生が、今、フランスでは子供の数が年々減っているから、国力も次第に衰えているなどと話したことが、今でも頭に残っている。人口が国力につながるのだと思いこんだ。

小学校を卒業した頃、サンガー夫人の産児制限説が婦人雑誌にも載るようになって

いた。母は教養もないごく普通の職人の妻だったが、どこで覚えたのか、サンガー夫人説に傾倒していて、

「子供は少なく産め、教育を十分してやれる自信のある数だけで止めておくべきだ」

と産児制限説を姉と私に叩《たた》き込んだ。うちは貧乏だから二人でせい一杯だと、二人しか産まなかった。頭と体にその母のことばがこびりついていたせいか、姉は二人、私は一人しか産んでいない。

その後、中国で暮らしたり、インドに度々旅行したりして、子供の多いことが、国力繁栄につながるどころか、国民生活の負担になっていることもつぶさに見てきた。インドでは小さな子供が赤ん坊を背負わされ、お金をねだって旅行者を追いかけまわす姿も多くみてきた。貧しいほど、他に快楽がなく、子供が生まれるのが中国やインドの姿であった。

今の日本は敗戦のどん底から六十余年の間に奇跡的に立ち直り、生活は見ちがえるように豊かになり便利さを満喫している。

国力は衰えたが、国民の欲望は肥大しつづける一方である。いつの間にか子供の数は減りつづけてきた。

結婚してもセックスレスの夫婦が増えつづけているという。これではますます子供

の数は減りつづけることになりはしないか。

その一方、政府では「子ども手当」を支給するという。それでは子供を産めない女性のいる家庭では、どういう気持ちになるだろうか。

産む自由も産まない自由もある。自分が育て教育もする親の自覚を持って産むのがまっとうな考えだと思う。中学生が中絶のために級友からカンパをつのるという話などもってのほかだ。

政府は「子ども手当」を出すより、子供を産む倫理を子供に教える教育をほどこし、子供を預かる施設を増やし、安心して母が働ける社会を作ることが急務ではないだろうか。


（2009・12・12）

躾《しつけ》はあって当然

神戸の小六の土師淳《はせじゅん》君殺害容疑者として逮捕されたのが、中三の十四歳の少年だったということは、あまりに恐しいショッキングな報道であった。早く犯人が捕ってほしいと思ってはいても、まさかこんな結果で容疑者が捕えられると、安心よりも、もっと後味の悪さと不安で人々は恐怖におののいてしまう。

その後、連日報道されるニュースを見ても読んでも、その不安はつのるばかりである。更に容疑者の顔写真報道というマスコミの行き過ぎ事件も騒動を起し、はては少年法改正の意見までとび出してきた。

「何が彼をそうさせたか」最も知りたいと思うことは、今の段階では、取調べ中で一向にわからない。少年の弁護士たちでさえ、少年の人格が摑《つか》みきれないと報じている。

わかっていることは、平穏らしく見える普通の家庭に、こういう少年があらわれ、もし、これまでの少年の供述通りなら、少年は自分より弱者をめあてに殺し、首を切り、その首を家に持ち帰って、自分の通っている校門前に捨て、二回にわたる不敵な挑戦状を社会に向けて発したということだ。

　少年の持ち帰った首に家族が全く気づかないのも不思議なら、ことが明るみに出て以後の中学の校長や教師の態度も不可解である。

　少年の心に孤独をつのらせ犯罪にまでつき進ませたのは、少年の異常と見える性格だけでなく、家庭でも、学校でも、人間としての心の交流がいかに稀薄《きはく》だったかということであろう。

　ＩＱばかりを重んじる偏差値教育はおかしいと言われつづけながら、一向に改められず、今も子供たちは受験地獄で人格を失っている。昔の子供は、学友が病気をして学校を休めば、自分のノートを進んで見せてやった。今の生徒は学友が病気になれば自分の成績の順位が一つ上ると喜んでいる。そういう考え方は、親の生活態度と先生の教育から学ぶ。親も先生も子供から尊敬されなくなったのはいつからか。尊敬出来ない人から、子供は何も学ぼうとはしない。

　新聞を見て、暗澹《あんたん》とした気持になって、何となく手にした永六輔《えいろくすけ》さんの『職人』という本の、ぱっと開いた頁《ページ》にこんな職人さんの言葉があった。

「子供は親の言うとおりに育つものじゃない。親のするとおりに育つんだ」

「躾ってものは、ガキのうちに、やっていいことと、やっちゃいけないことを、体で覚えさせることだよ」

「目立たないように生きる――昔はそういう考え方でしたよね。いまは、目立つように生きる、そうなってますわね」

私の父親は小学四年しか学歴のない職人だった。四、五歳の私が仕事場を通る時、つい道具のカンナやノミをまたいだら、だまってかね尺が飛んできて私の脚を払った。そうされて私は父の仕事は立派なものなのだなと思った。

家でも学校でも自信をもって躾の出来る親や先生が少くなっているのでは。

(1997・7・6)

国家百年の計

新文相有馬《ありま》朗人《あきと》氏が就任後の記者会見で、「教育は国家百年の計であり、日本の将来がかかっている。心の教育など、教育改革の実現に全力を挙げる」と話されたと伝えられた。

新内閣に期待されているのは、何よりどん詰りの危機の崖《がけ》っぷちに立たされた経済問題にはちがいないが、経済がいくら回復して、景気がよくなったところで（そうそううまくはゆかないだろうが）、人間が無邪気に有頂天になる時代は過ぎてしまった。

今回の組閣を見ても、如何《いか》に今の日本に人材が欠乏しているかということがわかる。

戦後、日本を世界の強力な経済国にのし上らせたのも人間なら、現在の不況を招き、経済破綻《はたん》の危機を招いたのも人間である。

所詮《しょせん》この世はあらゆることが人間の力で動いていて、それに目には見えない天の配慮が加わって、今日から明日へと移っているのである。

来年はいよいよ誰やらに予言された地球破滅のカタストロフの年廻りに当たっているそうだが、それを予言した者が神や悪魔でない限り人間であり、人間という者はえてして、判断にとんでもない間違いをしでかすことは、永い人間の歴史がすでに証明ずみである。

何が襲って来ようと、人類が絶滅したくなければ、それに対処し、す速い身の処し方をする知慧《ちえ》ある人間を作るしかない。それに必要なのが教育なのである。

青少年の心の頽廃《たいはい》は目を掩《おお》うばかりの、数々の不祥事つづきで示されている。子供の殺人、自殺、いじめ、はてに親殺し、師殺し。これが地獄でなくて何であろうか。地獄とはまさしく私たちの生きているこの、今の世の中のことである。

こうした心の頽廃の根元をさぐれば、原因は戦後の教育の誤りにあったと認めざるを得ないだろう。キレた子供たち、援助交際をしてはばからない子供たちを難詰《なんきつ》する前に、戦後半世紀も誤った教育を子供たちに押しつけ、こんな恐しい子供たちを作りあげた大人たちの責任こそ問われるべきである。

大学へ大学へと草木もなびいた時代は過ぎた。戦前の大学出の若者と、戦後のマンモス大学からトコロテン式に押し出された今時の大学出は比較にならない。と、ここまで書いて来て、今度の組閣の顔ぶれを見れば、戦前教育を受けた人々など数えるほど五人にすぎない。こんなグチをつぶやくこと自体が時代錯誤なのであった。写真では老《ふ》けて見えるのと、ものものしい経歴のせいで、もう老人かと早がてんしていた文部大臣は、戦後の教育を中学から受けていられた。世代交替の波に洗われても、若い世代に残れるすれすれの線上の人であった。どんな形で、国家百年の計を示し、教育の大改革のお手並をみせてくれるのか、期待や切である。

（1998・8・2）

犯罪被害者の会を支援する

二〇〇〇年一月二十三日、「犯罪被害者の会」というのが結成されている。これは、もと日弁連副会長でもあった岡村勲《いさお》弁護士が犯罪被害者となり、同じ犯罪被害者たちと話し合ううち、止《や》むに止《や》まれない心情から結成した会である。

岡村氏は、このいきさつを「文藝《ぶんげい》春秋」七月号に痛憤の手記として発表して、世間に公表した。

「私は見た『犯罪被害者』の地獄絵」というものものしい題は、編集部でつけたのかもしれないが、一読すれば、この大仰な題が不自然ではないことに驚愕《きょうがく》するし、公憤を禁じ得ない。

岡村氏は一九九七年十月、夫人を西田という男に殺害されている。加害者は証券会社への恐喝未遂の罪で、懲役二年、執行猶予《ゆうよ》四年の判決を受けた。その証券会社の代理人であった岡村弁護士を逆恨みしてつけ狙《ねら》い、果たせなかったので、宅配便業者を装《よそお》って家に侵入し、何の罪もない岡村夫人をいきなり殺害したのである。岡村氏は、この事件の公判に出席して、はじめて犯罪被害者として傍聴席に座り、いかに現在の裁判が、加害者の人権ばかりを気づかい、被害者に対して非情で、無視されているかということを実感した。裁判の基本的な資料は一切被害者には渡されないから、どうして殺され、被害者が、何と言って死んでいったのかもわからない。

裁判の傍聴が唯一《ゆいいつ》の手がかりなのに、裁判の日も一方的に決められるから、行けないこともある。

殺された被害者の遺影を持って傍聴席に入りたいといっても、加害者にプレッシャーがかかるという理由らしく許されない。

裁判で加害者が自分に都合のいいでたらめを作って言っても、それを否定出来る被害者は死亡しているのだから反論の仕様がない。どんな侮辱的な言葉を加害者から浴びせられても泣き寝入りである。加害者には国選弁護人がつく。それに国が支払っている費用は一九九八年度は約四十六億七千万円で、被害者は弁護士を雇うとすべて自己負担になる。

判決に至るまで加害者のために使う費用は一九九八年度で百億円を超えているという。すべて国民の税金でまかなわれている。留置場、拘置所での食費、被服費、医療費一切の計算だという。刑務所などの全予算は二千億円とのことだそうな。

犯罪被害者の方は、国が出す見舞金だけで百五十三人（うち死亡者百五十一人）に対して約五億七千万円の涙金にすぎない。まだまだ被害者の痛憤はつづく。犯罪被害者を受け入れる病院が極めて少ない。マスコミの暴力的な取材、心ない報道姿勢、等々。

岡村弁護士の手記は極めて冷静に秩序整然と書かれているだけに、その真実の告白のすさまじさに慄然《りつぜん》とする。

岡村氏は同じ被害者たちと語って会を設立した。その趣旨を汲《く》んで、有志が集まり「犯罪被害者の会を支援するフォーラム」を結成し、一大キャンペーンを展開することになった。私はその発起人代表に名を列《つら》ねることにした。

（2000・9・24）

言葉もない辛さ

あってはならない鉄道大事故で悲惨なニュースが続いている。今この原稿を書いている時点で、事故から一週間が過ぎたが、ショックの強さは一向に薄められず、毎日判明してくる事故原因や、その時の状況に心が乱れるばかりである。

兵庫県尼崎《あまがさき》市のJR福知山線の脱線事故で、車両二つが線路脇《わき》のマンションに突っ込み、無惨《むざん》極まりない様相を呈していた。死者は日を追い増加してついに百七人になった。その人たちの中に若い人が多かったのが目立った。老いも若きも命の重さに変わりはないが、まだこれから洋々たる未来の夢を抱えたままの若者たちの命が、こういう突発事故で、自分で防ぎようも守りようもなく断ち切られたことは、痛恨の極みで、痛ましさに身も心も震えてくる。私は日頃、人の命には定命《じょうみょう》があるといって、愛する人に先だたれた人々を慰めたり、励ましたりしてきたが、この若者たちの一瞬で断たれた命を思うと、定命ということばも出て来ない。

大学へ入ったばかりの学生たちが通学の途中で事故に遭っている。高校生の親友どうしも死んでいる。彼等の抱いていたであろう夢を思いやると、こんな老体が替わってやればよかったのにと口惜《くや》しい。他人の私でそう思うのだから、肉親の方たちの口惜しさ無念さはどれほどだろう。

見舞いに来たＪＲの職員に激昂《げきこう》した口調で食ってかかり、ののしりわめく母親も、「もっと大きい声を出して謝れ」と怒りをぶっつける父親の心痛もテレビで観ていて辛い。何と泣き叫んでも、ＪＲを責めても、亡《な》くなった命は帰って来ない。

法然上人《しょうにん》は、法難のため四国に流刑《るけい》されることになった時、

「今度の流刑を私は少しも怨《うら》んでいない。そのわけは、自分はもうすでに八十の老齢にせまっている。たとえお前たち弟子と、同じ京に暮らしていても、この世での死別の日は近いだろう。たとえ海山へだてた遠い四国に流され別れても、死ねばあの世で必ず再会できることを、少しも疑っていないからだ」

と言っている。法然上人はすでに悟った人であったから、こんなことばを出すことが出来たのだろう。事故の被害者もその遺族たちも、すべてが信仰を持ち天国や浄土での再会を信じられる人たちであったとは思えない。

私は目前に八十三歳の誕生日を迎えようとしていて、この頃、心の芯《しん》から浄土を信

じ、そこで先に逝《い》った有縁《うえん》の人々の魂に再会できると思っている。それでもこの世に生きている限り、ふとしてまた情の深くなる人々にめぐりあうこともさけられない。そうしてやっぱり彼等とのこの世の別れを想いやる時、平常心でいられそうもない。そんな私が、こういう事故被害者の方たちに、何をしてあげられるのだろうか。出家者として無能の自分に、ただ茫然《ぼうぜん》自失ばかりである。

（２００５・５・７）

第三章　なつかしい人たちの俤《おもかげ》

宇野千代さんの岩国

未曾有《みぞう》といわれた大型台風十四号も過ぎ、嵐《あらし》のあとのまっ青な秋空がいつもより高く広く感じられる。台風の予報は比較的に早くから刻々続々報じられてはいるが、いつの台風でも通過したあとの爪跡《つめあと》は無残に刻まれ、無傷ですんだことは一度としてない。

あのおだやかな風光に包まれていた岩国の山肌が崩れ落ち、見るも無残な姿になった様相を、新聞やテレビで見ると恐ろしさに慄然《りつぜん》としてしまう。しかも岩国は県の誇りであり、表看板にあたる錦帯橋《きんたいきょう》が橋を越す激流に襲われ、橋脚が二つも流れ去ったという。

岩国生まれの宇野千代さんがこよなく愛し、晩年、何かにつけ賛美しつづけた故郷のまちであった。

宇野さんは数えで九十九歳まで生きたが、七十歳までは故郷岩国の話をしたがらなかった。それは宇野さんが女学校を出て、小学校の教師になった時、同僚の男の先生に恋をして、ラブレターを生徒にもってやらせたりしたことが問題になり、諭旨免職になるという苦い経験があったからである。

岩国ではそれ以来、宇野さんを先生のくせにとんでもないことをしでかした不良として宇野さんに冷たかった。宇野さんは自分のプライドを守るため、そんな故郷に対してつとめて無関心を装《よそお》って生きた。しかし心の中では自分を受けいれてくれない、切ない故郷への片恋を抱きつづけた。

七十代の半ばすぎから、宇野さんは岩国へ再々帰るようになった。すでに宇野千代は日本で代表的な女流作家であり、功なり名をとげた女の鑑《かがみ》のようになっていた。

宇野さんは今にも倒れそうになっていた、自分が生まれ育ち、恋に破れて故郷を追われるまで過ごした生家を、見事に昔のままに再建した。それは川西の往還に面した雅趣のある美しい平屋であった。宇野さんはそこへよく東京の客を招き、歓待の限りを尽くした。そんな時、宇野さんは岩国ほどいいところはないといい、岩国の橋も特別に美しいといい、錦帯橋の自慢をする。

「私は自分の生まれた町にこの橋があるのを自慢にしている。この古典的な形はどう変えようがないほど美しい」

と随筆の中にも書いている。宇野さんの代表的な小説『おはん』は、岩国を舞台にしているし、旧藩主の学問所であった「水西書院《すいせいしょいん》」のことも『水西書院の娘』という小説に書いている。

　私も何度か宇野さんのご自慢の岩国を訪れ、復元された生家に立ち寄り、広い庭の柿《かき》をもいで、宇野さんに送り届けたりしていた。

　あの美しい錦帯橋が濁流に襲われ、橋脚を失うなど、宇野さんの筆ぐせに倣《なら》えば、

「あっていいことであろうか」

という感慨である。あの生家は大丈夫だっただろうか。堤の桜の木は倒れはしなかったか。私はまるで自分の故郷ででもあるかのように、岩国の台風の被害を、胸の痛いほど案じているのであった。


（2005・9・10）

水上勉さんをしのぶ夕

水上勉さんの一周忌の追悼会が京都のホテルで先日催された。東京でも先に行われたので、今度の会は、京都を中心に若狭《わかさ》の人たちの集まりになって、百二十余名のしっとりとした会になった。

集まった人たちは故人を心からなつかしむ人々が、義理でなく心から来たいと集《つど》ったので、会は始終和やかであたたかな雰囲気の中で運ばれた。

私は発起人のひとりでもあったし、短い挨拶《あいさつ》をすることを約束していたので、会の始めにその役を果した。

水上さんが桂《かつら》小五郎で、私が幾松になって文士劇に出た時の話をしたら、みんなが笑っていた。水上さんは、終生、生真面目《きまじめ》な人だったが、艶福が多かったし、自分でつとめて偽悪ぶり放蕩無頼《ほうとうぶらい》のように宣伝したがった。しかし本当の姿は、実に傷《いた》ましいほどの真面目な人物であった。

文士劇一つでも本気で取り組み、万事ちゃらんぽらんの私は、その稽古《けいこ》につきあわされ、びっくりしてしまった。

まず、新橋の粋《いき》なところを稽古場に指定して、

「あのな、中村賀津雄《かつお》に来てもろうとるから、あんたも稽古に来て下さい。割稽古をみっちりしてもろて、舞台で恥じかかんようにせなならんからな」という。

私は、文士劇は役者が下手で舞台で失敗するところが客に受けると信じていたので、水上さんの熱心さに呆《あき》れたものの、その熱意に負けて指定のお茶屋に出かけていった。刀の抜き方から歩き方まで、こまかく教えを請《こ》うので、賀津雄さんは困って笑いをこらえていたが、稽古に熱中している水上さんには、その表情も読みとれない。舞台は司馬さんの『竜馬《りょうま》がゆく』で、竜馬は石原慎太郎さんであった。しかし水上さんの意気込みは、主役並みであった。

さて当日は、舞台かぶりつきの客席に、祇園、先斗町《ぽんとちょう》、上七軒のきれいどころがずらりと並び、舞台より華やかであった。その人たちが口々に「勉さあん」「水上い」と叫ぶので、舞台の桂小五郎はすっかり上がってしまって、あれだけ稽古したのに、立往生してしまった。

そんな話をしながら、私は最晩年の水上さんのまるで仏のようにおだやかで浄化さ

れた美しい俤《おもかげ》を思い浮べていた。
この日有馬《ありま》稲子さんが駆けつけて、『はなれ瞽女《ごぜ》おりん』を、音楽なしのひとり語りで演じてくれたのが実に心にしみる上出来であった。有馬さんもあれだけの大スターなのに、いつまでも初心を忘れず芸熱心の権化《ごんげ》である。この芝居のため足を痛めてしまったのを苦ともしない。この才能豊かな二人の、芸への努力の跡をつくづく美しいと感じいった。

（2005・12・3）

快老《かいろう》米寿の人

六月二日、角田《つのだ》文衞《ぶんえい》博士の米寿のお祝いの会が、京都国際ホテルで盛大に行われた。私も出席させていただき、荒巻知事や丸谷《まるや》才一氏の祝辞の最後に祝辞を述べさせていただいた。

丸谷才一氏のこういう時の祝辞や挨拶、または、文学賞の授賞式の選者としての選評は、文壇でも定評のあるお見事なもので、私はかねがねそれも丸谷さんの才能の一つだと感嘆しきっている。与えられた時間きっかりに、原稿を書いて来られて、それを力強い声で朗々と読みあげられる。文体や文章に格別やかましい御仁だから、こういう御挨拶の文章でも、いささかのたるみもない模範的名文である。

丸谷さんは、角田先生が、考古学者が本業で、古典文学は道楽だと丸谷さんに話されたことを明らかにされた。私は内心びっくりした。角田先生が古代学協会の理事長兼古代学研究所長でいらっしゃることは存じあげていたが、私が先生の御仕事でお陰を蒙《こうむ》ってきたのは、専《もっぱ》ら、先生の古典文学に於《お》ける御研究と御著書によっていたからである。丸谷さんのことばをもっと平たくいえば、考古学は本妻で、古典文学は愛人というところであろうか。つづいて丸谷さんは、角田先生の特質は、無類の女好きだと言ってのけた。私はやられた、と思った。実は私は挨拶でそれに触れようと思っていたからである。丸谷さんの女好きの分解は角田先生の御仕事を証《あかし》として、理路整然としたもので、風格の高い話であった。つまり、古典文学の中に於ける恋愛を取りあげ、作者や作中人物について情熱的な研究をされるということである。

その例として先生の御著書に待賢門院璋子《たいけんもんいんしょうし》の生涯について書かれた中に、璋子の生理日の推定をされていることをさらりと話された。

私はもうお手あげである。私は挨拶の中で、そのことだけを話そうと心用意していたからである。私は丸谷さんを恨んだが今更はじまらない。たちまち私の番がきて、私の挨拶はしどろもどろであった。しかし、この日、私ははじめて角田先生と並ばれた文子夫人にお会いした。そして何もかもうなずけた気がした。角田先生は璋子の生理日をまるで医者のようにことこまかく調べ推定し、白河法皇とその孫の鳥羽天皇の二人に、同時に通じた璋子の生んだ崇徳《すとく》天皇が、どちらの子かなどと、推理作家も顔負けの研究をされているのは、このおおらかで見るからに屈託のない若々しい文子夫人あってのことだろうと理解出来た。おそらく先生はあの研究の時、女の生理日について、文子夫人にくわしく訊《き》かれ、相談され、夫人はいとものどかな笑顔でその研究に協力されたのであろう。この名著『椒庭秘抄《しょうていひしょう》』は、今でも私の座右の書である。

この本のお陰で私は西行を書いた『白道《びゃくどう》』を誕生させることが出来たのである。学者もまた小説家と同様に、好色趣味の方が、すばらしい仕事を遺《のこ》すのではないだろうか。羨《うらや》ましい快老御長寿の角田先生万歳。

（2001・6・3）

正月の死

正月四日の朝、佐渡から磯部欣三《いそべきんぞう》（本名・本間寅雄）氏の訃報《ふほう》が届いた。昨年七月から新潟の病院へ入院し、肺の大手術の予後を養っておられたのだった。

この二年余り、私は佐渡へ配流《はいる》されて以来の世阿弥《ぜあみ》のことが気にかかり、小説『秘花』の取材のため佐渡通いをしてきた。その都度、労をいとわず、何日も私の先に立って案内して下さったのが磯部さんであった。長い間佐渡博物館の館長を勤めていられた氏は、郷土史家として折紙付であり、御自身も、金山、良寛、世阿弥について、詳細を極めた労作を遺されている。それらの書物は、名著として、この件について書く者にとっては、何よりの参考書であり、それを越えるものはめったに世に出ることもないだろう。

私は磯部さんの底知れぬ博学に触れ、あくまで謙遜《けんそん》で慎ましやかな話しぶりの中から、受けとめきれないほどの貴重で膨大な智識《ちしき》を与えられるうち、世阿弥の評伝などは一切書くまいと思うに至った。その替りに、私より四歳若い磯部さんの老いても瀟《しょう》洒《しゃ》なおしゃれぶりや、まだほのかに残っている男の色香を感じるうちに、とんでもない、能がかりのロマンの構想が浮かんできた。八十三歳の私の最後の小説として、思い切ったウルトラCを演じて見せようという気持がつのってきた。

磯部さんは私のそんな不逞《ふてい》な企てには全く思いも及ばず、御自分の研究の上に更なる発展を見せた誠実な評伝を期待しておられるらしく、ある日、どさっとダンボール一杯の荷を送ってくださった。

「これが、今までお送りした残りの私の生涯かけて集めた史料のすべてです。これをみんなさしあげますから、存分にお書き下さい」

美しい筆跡のお手紙が添えられてあった。

二年余りの歳月に、こうして私は磯部さんから返しきれない莫大《ばくだい》な恩顧をこうむった。忘己利他の実践者であり、慈悲の権化のような人物であった。学者というより、私は詩人の魂を感じ続けた。

磯部さんは、私の訪れる度、さまざまな人々を紹介して下さった。すべて善意の心あたたかな佐渡人で、この人々からも私は何かにつけ返せない御恩をこうむっている。

日本海はその日、何十年ぶりとかの豪雪に見舞われ、交通機関はすべて不通だと報じられている中、ともかく行けるところまで行こうと、お通夜《つや》に出発した。奇跡的に、その時だけ飛んだプロペラ機から、ジェットフォイルへと乗りつぎ、どうにか通夜の席にたどりついた。遺体を拝ませてもらったが、二度見舞った病院の時とは別人のように、美しく安らかな気品にみちたお顔であった。

「書き上った時、本の扉に、心をこめて先生への献辞を書きます」

私は棺《ひつぎ》のガラス窓の上から死顔を撫《な》でさすり誓っていた。

（2006・1・14）

歴史の流れの堰《せき》に

筑紫《ちくし》哲也《てつや》さんが、肺ガンの初期と診断され、五月十五日から、長年つづけているテレビ番組を休養すると発表した。やめるのではなく、ガンを克服して帰ってくると、自分の番組で発表していた。

つい先日、私は筑紫さんと二人でテレビに出たばかりであった。時事問題を論じる番組で、筑紫さんはいつもより和やかな、穏やかな表情をしていたのが印象に残った。ガンの発見は、あれから後の検査の結果だったのだろうか。お互いに忙しい体で、めったに逢《あ》う機会がないが、この半年ほど、なぜか、度々お逢いして、ゆっくり話しあっている。京都にも住いを持ち、大学で教えているので、これからはもっと逢える機会があるかと楽しみにしていた矢先であった。

筑紫さんの病気発表を聞く半月ばかり前に、小田実《まこと》さんがガンにかかり、これは初期ではなく、発見が遅れたため、手術不可能と聞かされてひどいショックを受けている。

小田さんとは電話で話したが、ほんとに私が替ってあげたいと思った。私より十歳若い小田さんに、もっともっと生きていてほしい。

梅原猛さんも鶴見俊輔《つるみしゅんすけ》さんもガンで闘病中である。みんな私にとっては大切な仲間で、頼りにしている心友である。

普段は逢わなくても、信頼しきっているので、何を考えているか、お互いにわかっていて、いざという時は腕を組み合う仲だと思っている。

いうまでもなく、みんな戦争反対であり、憲法改正反対の立場をとっている。九条を断じて護《まも》らなければならないと思っている。

逢って、それを論じあったりはしないけれど、お互い同じ考えだと信じあっている。

鶴見さんは私と同い年で一九二二（大正十一）年生れ八十五歳で、梅原さんが三歳若く、一九二五（大正十四）年生れである。

小田さんは一九三二（昭和七）年六月生れで七十五歳になる。

筑紫さんが一九三五（昭和十）年六月生れで七十二歳になる。

終戦の時、私と鶴見さんは二十三歳。梅原さんは二十歳。小田さんは十三歳。筑紫さんは十歳。

大正生れの三人は、もろに戦争を身をもって体験している。どのような美名で飾ったところで、戦争がいかに人間のなす行為の中で愚劣で、悪徳なものかということを骨身にしみて体験している。

頭がよく、早熟な昭和生れの二人も、幼時に受けた戦争の毒を忘れてはいない。

歳月は過ぎて行く。その流れは速く、あらゆる記憶を呑《の》みこみ流し去ろうとする。人間はまた忘却という能力をさずかっている。どんな辛《つら》いことも忘れさせてもらえるのは恩寵《おんちょう》である。と共に、決して忘れてはならぬ記憶さえ忘れ去ろうとする。これは神仏の劫罰《ごうばつ》であろうか。私の心友たちよ。死んではならぬ。生きて共に腕を組み、歴史の流れの堰になろう。

（2007・5・19）

もういない人たち

あれは何年前のことになるだろうか。

京都で舞踊家西川千麗さんの舞の会があり、観客席の私の隣の席に見るからにすっきりとした和服姿の御婦人が座られた。着物も帯も超一流の高価な品を、全く無造作に着こなされ、御本人はその値打をまるで意識されていない淡々としたたたずまいと表情であった。

そこに劇場の光という光がみんな集っているような目を見張る凜《りん》とした美しさであった。

着付けの襟の合せ具合が、粋というよりフランス語のシックという感じがぴたりとしていた。上品であでやかだけれど、色町の雰囲気ではない。かといって、素人《しろうと》の奥さんスタイルでもない。不思議な知的な魅力が匂《にお》っていた。その人が声をかけてくれて、鶴見《つるみ》和子《かずこ》さんだとわかった時、私は胸がときめいた。

かねがねその学業と著書に憧《あこが》れてはいたし、写真などで何度もその風貌《ふうぼう》に接している筈《はず》なのに、実物のあまりの美しさに、私はその人と思いつかなかったのだ。

初対面の挨拶が短くすむと、和子さんはてきぱきした口調で、千麗さんの人柄と芸熱心を高く評価された。私も千麗さんの一匹狼《おおかみ》的な芸道への熱意と姿勢に、かねがね感動し、ひいきのつもりでいたので和子さんの讃辞《さんじ》が、けなげな自分の妹をほめてもらったようで嬉《うれ》しかった。「千麗さんのいいところは、次々新しいものに果敢に挑戦するところですよ。因襲の強い日本舞踊の世界では生き難《にく》いけれど、それを物ともせず突き進むところがいいですね」

私は嬉しさで千麗さんのために泣きそうになった。そこへ河合隼雄さんが飄々《ひょうひょう》とした表情で見えて、和子さんの隣の席に座られた。私はもう何度もお目にかかってはいるが、それまで河合さんと特に個人的なつきあいはなかった。河合さんの方はにこやかな表情で、

「今日は怖い御婦人二人と並んで緊張しますな」

と気さくに言って、さも三人が昔から親密な間柄であるように、一気に空気を和ませてしまった。素朴に見えるえびす顔の笑顔と、関西弁のなまりまる出しの口調が、親しみをまず人に感じさせる。河合さんの生得の人づきあいのこつであろうか。

その夜の千麗さんは、河合さんの好評の著書『明恵《みょうえ》　夢を生きる』を舞にして舞台にのせたのである。明恵とユングと河合隼雄を大胆不敵にも千麗さんはたおやかな女体の中にすべて引き受けて、妖艶《ようえん》で幽玄な舞台にして見せたのである。


幕が下りると、和子さんは美しい顔をかすかに紅潮させ、

「感心しました。千麗は凄《すご》い！　明恵と河合さんの夢をひとつにして見せましたね」

「いい舞台でしたね」

河合さんも満足さをかくさなかった。

あの夜の香《かぐわ》しい感動は今も私の胸にいきいき残っている。しかし、ああ、鶴見和子も河合隼雄も、もうこの世にはいない。


（2007・7・28）

妖怪聖家族

妖怪漫画『ゲゲゲの鬼太郎』の作者、水木しげるさんの調布のプロダクションをお訪ねした。水木さんとの対談の約束が、水木さんの脳溢血《のういっけつ》の発作でのびていたのが、ようやく実現した。

水木プロに入るなり、壁一杯に飾りつけられた漫画の主人公たちのお面や人形に迎えられる。机の上も、漫画の人物や妖怪がブロンズ像になって所せましと並んでいる。まるで玩具《おもちゃ》屋に入ったような感じがする。

長女の尚子《なおこ》さんが優しく迎えてくれる。年譜によれば、結婚の翌年に「極貧生活の中で」生まれたとある方だ。待つほどもなく、次女の悦子さんに支えられて水木さんがあらわれた。セーター姿で、にこにこした表情が人なつこく魅力的だ。尚子さんより四歳下の悦子さんは年譜では「売れっ子漫画家になった」年に生まれている。二人ともクリスマスイブに生まれたのは何の因縁か。

私は前夜、水木夫人布枝《ぬのえ》さんの書かれた『ゲゲゲの女房』という本を読んだばかりなので、この家族が初対面とは思えない。

水木さんは私と同年の一九二二（大正十一）年生まれで、私より二カ月お兄さんに当たる。全くの同世代だから、二人の年譜をつき合わせて見ると、あれもこれも苦楽の順序が重なるのが面白い。

水木さんは三歳まで言葉を発しなかったようで、はじめての言葉が「ネンコンバ」で、自分が蒲団《ふとん》に粗相をしたのを猫のせいにしようとして猫のくそだといったそうだ。知能犯である。私も言葉が出ず、はじめていったのは「オレロレロレロ」という呪文《じゅもん》のような言葉だったそうだ。その話から始めると、水木さんはにやりとして、

「そういう子は頭がいいのだ」

と断言した。

私が水木さんとお逢いしたくなったのは、朝日賞の受賞者としての挨拶で、

「私のように好きな絵だけを描きつづけて、いつの間にか巨万の富を得て、こんな賞までもらって、幸福者である」

といわれ、満場の拍手と笑いを浴びた時からである。その時、私は実物の水木さんにはじめて会った。飄々とした態度と表情で、満場の反応を全く意にかいさず、「巨

万の富」を何度もくりかえしたものだ。

私が、巨万の富とはいくらを目安にするのかと訊くと、すました顔つきで、

「三百万円からだな」

とおっしゃった。お互いに補聴器をつけているが、悦子さんがさらに通訳をつとめるほど、ふたりの会話はたどたどしい。

そこへ布枝夫人が駆けつけて下さった。そのとたん、水木さんはお母さんが迎えにきた幼稚園児のような表情に笑み崩れて、

「奥さんが来た、来た」

と、手を取って自分の横に座らせた。

布枝夫人が二十九歳で見合いして五日で結婚して以来の仲の好《よ》さと苦楽のすべては、夫人の手記に感動的に書かれている。七十七歳の今も、若々しく美しい布枝さんは、

「どんな時でも、生きようとする姿勢を崩さず、一心不乱の仕事ぶりに、この人にどこまでもついていこうと思ったのです」

とさわやかに笑っている。布枝さんの『ゲゲゲの女房』がNHKの朝のテレビドラマになるそうな。労《いたわ》りあう家族の美しさは稀有《けう》に輝いていた。

（2009・10・31）

ふたり　太郎と敏子《としこ》

岡本太郎さんは、一九一一（明治四十四）年二月二十六日に生まれているので、今年は生誕百年に当たる。

一九九六年一月七日に病没する前はテレビにも好んで出て、両手をひろげ、目をむいて「芸術は爆発だ！」と叫び、お茶の間の人気者になっていた印象が強く、ピカソを超える世界的な芸術家と自称していた芸術的実力は、あまり問題にされていなかった。持病になったパーキンソン病で時々倒れるようになった頃から認知症的言動も現れ、世間に姿を見せなくなった。

なりをひそめていた太郎さんがその没後、文字通り蘇生《そせい》したかのように、立て続けに太郎に関する本が刊行されはじめ、再評価を促した。

それは全《すべ》て、太郎さんの名秘書として知られていた敏子さんの働きによった。

独身主義にこだわった太郎さんは生涯結婚はしなかったが、養女として入籍した敏子さんが実質的な妻であったことは、世間でも知られていた。

敏子さんは、著書に憧れていた太郎さんに会いに行き、一目惚《ぼ》れしてしまったらしい。太郎さんも敏子さんの聡明《そうめい》さと実務的な力を見抜き、すぐ秘書にした。

私が太郎さんの母、岡本かの子の伝記小説を書くことになって、はじめて遺族の太郎さんに面会したのは一九六一年で、三十九歳の時であった。その頃から青山の住居には、髪の長い敏子さんが同居していた。度々訪れるうち、太郎さんがぐるぐる部屋を歩きながら口にする言葉を敏子さんが片端から速記して、それを見事な文章にまとめるという本作りの過程にも、アトリエで絵を描く現場にも立ち会った。

本の思想は太郎さんだが、仕上げの文章は敏子さんだと、私は判断していた。

太郎さんの百年祭を前に、敏子さんの日記や二人の往復書簡がどっさり発見された。NHKがそれを、敏子さんの甥《おい》で岡本太郎記念館の館長、平野暁臣《あきおみ》さんから託され、その読解を私がする番組を作った。敏子さんの長い歳月に渡る日記の中に、敏子さんは本心では小説家になりたかったと度々、告白していた。太郎さん没後、敏子さんはフィクションの恋愛小説を一冊発表している。私は実名で太郎と敏子の希有《けう》な愛と芸術の結びつきを書いて欲しいと言い、敏子さんは「ふたり」と私が題をつけた実名小説を、すでに七十枚まで書き残していたが、惜しくも未完のままだった。

日記で最も感動したのは、病苦にやつれた太郎さんを、何年も世間から隠し、敏子さんとスタッフのよし江さんが力を合わせ涙ぐましい献身的な介護をし続けた詳細であった。

敏子さんは太郎さん没後、行方不明になっていた「明日の神話」という大壁画をメキシコまで単身探しにゆき、ついに発見した。その荷が着く頃、敏子さんは家の風呂《ふろ》で急逝していた。享年《きょうねん》七十九。

（2011・4・2）

現代の妖怪

今年も文化勲章の受章者と文化功労者の発表があった。私の親しい作家仲間からは丸谷才一さんが文化勲章を受章し、加賀乙彦《かがおとひこ》さんが文化功労者に選ばれた。二人とも遅すぎた栄誉の訪れだと思うが、とにもかくにもおめでたい。

二年前、丸谷さんはガンを患《わずら》い、重病だとのことで、編集者と一緒に病院にお見舞いに駆けつけたら、文壇三大音声《おんじょう》の定評のある大声が、廊下の隅々まで響きわたっていた。ベッドの上から丸谷さんは、病室にかしこまっている見舞客を牢名主《ろうなぬし》のように傲然《ごうぜん》と睥睨《へいげい》し、聞く者の肝に沁《し》みこむような魅力的な大音声で、自分の病状を分析して聞かせた。今度の手術が成功し、転移しなければ、十年の命は医者から保証されたという。その時、丸谷さんはすでに八十をいくつか過ぎていたから、十年生きのびれば卒寿をはるかに超えていることになる。

私はそれを聞いてすっかり安心した。部屋に満ちているどの見舞客よりも、病人の方が意気軒昂《けんこう》であった。

　その後、丸谷さんは順調に回復され、いつの間にか、方々の雑誌や新聞に、ウイットにあふれた粋で知的で軽妙な丸谷式名文のエッセーがあらわれるようになっていた。中でも自他共に認める高度の文芸書評は、時に容赦なく峻烈《しゅんれつ》だが、時に滋味あふれる優しさで後進の作者を励ますことがある。うれしさのあまり度を失った作者がへらへらとすり寄ったりすると、あの大音声が鋭い剣になって、真っ向幹竹割《からたけわり》に頭上に打ち下ろされるであろう。狎《な》れることを許さない、自身もまた孤高のきびしさに遊ぶ文士魂が、丸谷さんの背骨にはしっかりと通っている。

　丸谷さんは小説も何年に一度かの割で完成させ、ベストセラーとなる。職業作家のつもりでいるわれわれの肝を存分に冷やさせる。小説は面白くなくてはならぬと公言されるだけに、丸谷さんの数年に一作出るか出ないかの小説は、どれもみな読み出したらやめられないほど面白い。中でも私は源氏物語を主題にした『輝く日の宮』には驚嘆した。軽妙洒脱で、謎《なぞ》めいていて、はらはら、どきどきしているうちに長編一巻を読み通している。深い敗北感にいささかひしゃげながら、チクショウ！教養の差にはかなわないと、自分をなだめている。しかし、読後の味は爽《さわ》やかで、丸谷さんを恨めしく思ったり呪《のろ》わしく思ったりはしない。よし、今に見ろ、これに負けないものを書いてやると、妙に士気を鼓舞激励されている自分を発見する。

丸谷さんは医者の予言通り、九十歳をはるかに超え、たぶん百歳以上に生きのびるだろう。しかもご当人は、文化勲章受章の弁で、八年ぶりでまた長編小説を発表したばかりなのに、「まだ小説の腹案は二つ三つある。最後まで現役の作家で死にたい」などとしれっと宣《のたま》うのである。これはもう人間ではない。現代の妖怪でなくて何であろうか。

（2011・10・29）

柚子湯《ゆずゆ》

柚子湯して逝《い》きたる人のみなやさし
生ぜしも死するもひとり柚子湯かな

きょう二十一日は冬至。しんしんと嵯峨の寒気が卒寿の身に沁みる。ふるさとから送られた柚子の実をバスタブいっぱいに浮かべ、たっぷりの湯につかっていると、何年か前に詠《よ》んだ自分の拙《つたな》い句が浮かんでくる。なぜか私は柚子湯に身を沈めると、人やわが身の命をしみじみ思わずにいられない。

今年もまあ何とたくさんの方々が鬼籍に入られたことだろう。

同業者では吉本隆明《よしもとたかあき》さん、丸谷才一さんという大物が逝かれた。お二人とも私は畏《い》敬《けい》していたので気を落とした。吉本さんは一度もお目にかかることはなかったが、私の小説を送る度、読んで下さっていて、『手毬《てまり》』では良寛の死の様子をとてもほめて下さって驚いた。丸谷さんとは長いつきあいで、時々文通もあり、楽しい仲間だった。

まさか私よりも先に亡《な》くなるなど思ってもいなかった。その他に少しでもつきあった人々は、小沢昭一さん、山田五十鈴《いすず》さん、新藤兼人《かねと》さん、寛仁親王《ともひと》、浜田幸一さん、森光子《みつこ》さん、淡島千景《ちかげ》さん、藤本義一さん、邱永漢《きゅう》さんと、数えきれない。

そして、つい数日前、日本舞踊の名手として、個性的な独自の世界をきり開き、外国までその名を拡《ひろ》めていた西川千麗さんの他界の報に接し、呆然《ぼうぜん》としている。千麗さんが、はじめていきなり寂庵へ誰の紹介もなく訪ねて見えた時のことがありありと思いだされる。まだ、三十になっていなかった千麗さんは、きりりとした理知的な人で、着物の着付けも、すっきりして女書生と呼びたいような知的な雰囲気をまとっていた。私の書いた『女徳』のヒロイン祇王寺《ぎおうじ》の智照尼《ちしょうに》を舞にしたいという話で、私は勿論《もちろん》承知したし、智照尼に千麗さんの紹介もした。それ以来、時々訪れるようになり、親しくなったが、狎れるということを極力意識的に拒否しているらしく、いつまでもある線からふみ込もうとせず、またふみ入らせない人であった。

宇野千代さんとも親しくなり、とても愛されたようで、『おはん』を舞にしていた。パトロンがいないのかと訊いたら、大阪にいる母上がお金持ちで唯一《ゆいいつ》のパトロンだと笑っていた。

癌《がん》で療養していたなど、全く知らなかった。あんなに親しいつもりだったのにと、恨みがましいことは言うまい。それが千麗さんの美学であり、舞の根本精神であり、身をもってうちたてた哲学的生き方だったのだ。

お別れの会が、彼女の建てた道場であるらしいが、私は行かないで、寂庵でひとり経をあげ、写経をしたいと思っている。

　柚子湯して今年の鬼籍の人数ふ

（2012・12・22）

稀有な夫婦愛

大庭《おおば》みな子さんの七回忌の集いの御案内をいただいた。残された御夫君の大庭利雄《としお》さんからだ。みな子さんは二〇〇七年五月二十四日に亡くなっているので、早や六年の歳月が流れ去っている。この間に日本では山はさけ海はあばれ、空からは隕石《いんせき》まで が襲ってくる恐ろしい時代に投げこまれている。六年前にこの世を去られたみな子さんは、これらを見なかっただけでもよかった。

みな子さんの訃報を聞くなり、私は大庭宅に駆けつけた。みな子さんはこれまで一番美しい和やかな表情で眠っているとしか見えなかった。まだ身内の方しか到着していなかった。みな子さんの眠りを見守るように、布団の裾《すそ》の方に利雄さんが、水底から引きあげられたばかりの人のように力なく座っていた。全身涙につかったようにずぶ濡《ぬ》れの感じで痛ましかった。私はその瞬間〝この人は後を追う〟という思いが胸につき上がってきて、一切のことが目から消え、利雄さんの膝前《ひざまえ》に進んで、その手を

握りしめ、

「利雄さん、死んじゃだめ！　後を追うのはだめですよ。まだあなたにはやらねばならないことがいっぱいあります。大庭みな子の文学を、世の中に広め、その解釈をする仕事が残ってるでしょう。後を追うのはその後にしてください」

と言ってしまった。その場に居合わせた人々は、どれほど呆れびっくりしたことだろう。

その時の私は他の人の姿など眼中から消えていた。死んだ筈のみな子さんの声だけが聞こえた。

「瀬戸内さん、よく言ってくださったわ。利雄はほんとに私の後を追うつもりなの。でもおっしゃる通りよ。も少し、私の仕事の整理をしてほしいわ」みな子さんの声は利雄さんの耳にも伝わったのだろう。悄然《しょうぜん》とうなだれていた利雄さんが、しっかり私の手を握り返してくれた。私はそれを利雄さんの承諾の表現だと受け取った。

私の予感通り、みな子さんの没後、『大庭みな子全集』が日本経済新聞出版社から刊行されることになった。すでに講談社から全集は出ていたのでこれは二回めの全集である。七十六歳の生涯の証しに、二度も全集の出る幸福な作家がいただろうか。この全集にはみな子さんと利雄さんの膨大なラブレターも入っているし、一巻ごとに利雄さんの全精力をそそぎきったすばらしい解説がついている。

近日その利雄さんの解説文だけを集め編集し直した『最後の桜　妻・大庭みな子との日々』が河出書房新社から出版される。私はその帯の文を依頼されたので四日がかりで、全文を読み通した。全集で読んでいるのに、一冊の本になると、利雄さんの愛妻への愛と理解の熱意が深くたぎってきて、私を打ち、猛然と活力を与えられるのだった。

「みな子さん、利雄さんをあの時連れていかなかったのは正解ね」

私の耳にみな子さんの高笑いがありありと聞こえてきた。

（2013・4・27）

勧進帳と弔辞

二〇一三年七月三十一日、大原三千院に於《お》いて、故御門主小堀光詮猊下《こうせんげいか》の本葬儀があり、私も参列した。御門主は六月二十一日午後四時十七分に、すでに御遷化《ごせんげ》されておられた。その夜、私は新聞社からの電話の報で驚愕《きょうがく》した。耳もすっかり遠くなっているので何度も問いただしたが、事実だった。

あれは十年ほど前になるだろうか。ハワイの荒了寛《あらりょうかん》さんの天台宗別院の祝宴に呼ばれて、参列した際、宴席が同じ卓になり、御門主とほとんど初対面のようなお話を交わした。その折、二人が揃《そろ》って一九二二（大正十一）年の生まれ戌年《いぬどし》であることがわかった。御門主は三月二十三日、私が五月十五日生まれで、ほんの少し御門主がお兄さまであった。小学校では「ハナ、ハト、マメ、マス」の教科書で、さし絵の子供たちはみんな和服で草履姿だった。そんな思い出話を交わすうち、同じ時代を生きてきた親愛感が湧《わ》いてきた。

一九四三年には、私は結婚し北京へ渡り、御門主は赤紙で召集されていた。明日舞《まい》鶴《づる》港から戦地へ出航という日、御門主は突然、急性肺炎になり、ひとり内地に残され療養生活を命じられた。その時出発した仲間たちは、レイテや沖縄で、ほとんど戦死されたとか。また一九九三年の四月には膵臓《すいぞう》がんで大手術をされたが、この時は奥さまや御家族の必死の御看護のおかげで奇跡的に手術が大成功、見事に快復されている。

「私はいつでも観音様がお守りくださり九死に一生をさずかっている」と心からそう信じている口調で語られた。

「これも御縁だ、二人で百まで生きて、お祝いは中国でやろう。この前中国へ行ったら私の百のお祝いは中国でしてくださいと言われているから」

「結構ですね」

私も調子を合わせ、その場で誓いの指切りまでした。それなのにひとりお先に突然逝かれるとは約束がちがう。まだ九十一歳なのに。

御本葬に弔辞をのべよと葬儀委員会から命ぜられた。私は先年延暦寺一山《えんりやくじいっさん》の禅光坊の住職を拝命しているので、その立場での弔辞だろうと、ためらいもなく引き受けた。ところが前からの予定で、本葬儀の一週間前から、鳴門、東京、北海道と講演や法話がつづき、ずっと旅先で、眠る間もない忙しさに追われて、葬儀の前夜十時頃にやっと寂庵へたどりついた。それから、ほとんど徹夜で弔辞を書き、本葬にすべりこんだ。

驚いたことに、私は友人代表の名目で呼び出された。そんな対等な立場ではなく、「施無畏心院探題大僧正光詮大和尚」とはハワイ以来、はるかに仰ぎ見るだけで、お目にかかることさえなかった。友人代表にうろたえて御影の前に杖《つえ》もつかず進んだまではよかったが、疲労と睡眠不足で目が霞《かす》み、その上めがねも忘れてきて、自分で書いた文字が読めない。こうなれば弁慶の勧進帳だと腹を決め、その場で思いを語り始めた。

「もう生き飽きました。約束を破られお浄土に早々と渡られた御門主が羨ましくてなりません。どうか一日も早く私もそちらへ呼び寄せてください……」

とんだ安宅《あたか》の関である。私も六法を踏み、席に飛んで走り帰りたい気持ちであった。

（2013・8・3）

やがて来るその日のために

本が送られてきた。差出人の名を見てドキッとした。鶴見俊輔とある。表紙に鶴見さんが本にサインしている絵が描かれている。

本の題は『敗北力』とあり、「Later Works」という英語の題も書かれている。

表紙を開くと、「献呈　著者」と印刷した細い紙が舞い落ちてきた。

その瞬間、私は生きている鶴見さんからその本が贈られてきたような現実感覚が全身に走って、胸がつまった。

鶴見さんは、昨年七月二十日に亡くなっている。テレビでその逝去を知らされた時、私は背骨の圧迫骨折で入退院を繰り返しており、たまたま病院から寂庵に帰っていた日であった。長いご無沙汰《ぶさた》をつづけていた鶴見さんに申し訳なさでいっぱいになり、即、花屋から枕花《まくらばな》を鶴見家に届けてもらった。花屋から電話があり、鶴見家ではどなたもご家族はいらっしゃらなく、留守居の人が「お花も香典も一切受けつけない」と固くことわられたという。たった一度お目にかかった貞子《さだこ》夫人の、見るからに聡明そうで豊かな感情の滲《にじ》み出ていたお顔を思い浮かべながら、そういうこともあろうと、うなずいた。当然、お葬式もご家族だけで行われ、お別れ会もなかった。

鶴見さんは一九二二年六月二十五日に生まれていて、同年の五月十五日誕生の私より一カ月ちがいの弟にあたる。他に同年六月十八日生まれにドナルド・キーンさんがいる。共に六白金星の生まれで、この年の人物は若い時は苦労が多く、晩年、成功、幸運になると占われている。三人とも九十歳以上まで生きているのだし、好きな文学の仕事に熱中して、それなりの成果は収めているのだから、まあ、幸運な晩年と言うべきだろう。しかし三人の中で最も家庭的に恵まれていた鶴見さんが、一番先に亡くなるなど予想もできなかった。

本は、未発表の詩稿や、自編のエッセイや、未収録稿などが集められていて、読みごたえがあり、読みだしたら止められず、一気に読んでしまった。私のことも数行あり嬉しかった。湯浅芳子《よしこ》さんのことを話しあったとき、私の話が面白かったということである。私の知人の話も多くあるが、小田実さんの話が一番多く切実であった。自殺についての節では、戦争で、捕虜を殺せと命じられたら、自分が自殺する方を選ぶと言っている。鶴見さんの本音であろう。

私にとって鶴見さんは、管野須賀子《かんのすがこ》を書いた『遠い声』を、鶴見さんの出版していた「思想の科学」に連載させてくれた大恩人である。当時、どの出版社も大逆罪で死刑になった女のことなど扱ってはくれなかったのである。

本とは不思議なものだ。どの頁《ページ》からも生きていた鶴見さんの声がなまなましく聞こえてくる。

私にも必ず、やがて来るその日のために参考になる本であった。

（2016・10・9）

残される立場

また最近、立てつづけに縁を感じていた人々が亡くなられていく。三月十二日に大西巨人さんが九十七歳で亡くなられた。私は生前に一度もお逢いしていないが、まるで始終逢っていたように印象が深い。それは巨人さんを畏友《いゆう》としていた井上光晴《みつはる》さんから、巨人さんの文学の凄さや、家庭生活の有様や、本人の気難しさのどこかユーモラスな逸話を度々聞かされていたからであった。代表作『神聖喜劇』を読んだ感動が忘れられない。原稿用紙四千七百枚の小説が二十年以上かけて書かれている。主人公は陸軍二等兵の東堂太郎で、軍隊の理不尽さと戦っていく話だが、東堂の稀《まれ》なる記憶力がつむぎだす、文学的旋律や人との交わりの細やかで正確な話の豊かさに圧倒されるのだった。その本は文庫にもなって全五巻光文社から出版された。その頃だったか、私は感動した読書感を未知の一読者として送った。人嫌いで孤高の人と噂《うわさ》されていたのに、大西さんからは直ちに返書がきて、私の感想文を快く受けたと書いてあった。

しかも私の小説もいくつか読んでくれていたことがわかった。それだけの触れあいだが、私は心の底で大西巨人という作家を忘れたことはなかった。九十七歳という没年を眺めて、私よりも六歳しか年長でなかったのかと驚いた。もっとはるかな年輩との印象が強かった。

九條今日子さんが四月三十日に亡くなった。故寺山修司さんの元夫人で、俳優だった。離婚後も、寺山さんと仕事は一緒につづけ、劇団「天井桟敷《さじき》」の同志としての仲はつづいていた。寺山さんの死後、寺山さんの郷里の青森県三沢市に、寺山修司記念館を建て、そこをしきっていた。記念館が明日開くという日、私は横尾忠則《ただのり》さん夫妻と三人で訪れた。誰もいない館の中に今日子さんひとりが残り、まだ飾り付けなど直していた。突然の訪れをとても喜んでくれた。あまり広くない館内には、寺山修司さんの本や、写真が飾られ、書斎が再現されていて、鉛筆やペンが机上に散乱していて、寺山さんがそこの椅子《いす》に座って書いていたようなリアリティーが漂っていた。飾りつけ一つ一つに今日子さんの濃《こま》やかで熱い修司さんへの愛があふれていた。その時一度しか逢っていないのに、ずっと何年もの友情を交わしたようななつかしさを貰《もら》った。享年七十八。私が代わってあげたかった。

同じ三十日に渡辺淳一《じゅんいち》さんが亡くなっていた。体調を崩しているとは聞いていたが、老齢になりセックスの能力を失った男と女との交わり方など、しきりに随筆を書いていて、まだ大丈夫と思い込んでいたので、驚いた。最近見た写真が異様に太っているかむくんでいて、渡辺さんらしくなかったが、薬のせいだろうと軽く考えていた。あまり親しくなかったが、晩年は対談などもしていた。最後に逢ったのは海老蔵《えびぞう》さんの結婚式で席が隣り合わせだった。二人で抜けだし、途中で帰ったのだった。享年八十だ。もっともっと書きたかっただろう。

なぜ私は死なないのか。私がこの世で一度でも口をきいた人たちのことを書いた「奇縁まんだら展」が、目下徳島県立文学書道館で開かれている。四冊の本になった中には百三十六人が収まっている。それ以後に先立たれた人のことも書いておかなければと思ってきた。

（2014・5・11）

第四章　どちらを向いても嘆かわしい

血も涙もない冷酷非情な判決

中国残留孤児が国に対する賠償請求を求めた裁判で、東京地裁は全面的に原告側の主張を否定し、棄却した。原告たちが、血も涙もないこの非情な判決に、怒り、恨み、失望したのは当然である。

原告たちが、まだ幼い時、中国で敗戦に遭ったのは、彼等に何の責任もない。戦争がなければ、彼等の両親は中国へ渡らなかったし、敗戦の引揚の時、彼等を残して自分だけで帰国したりはしなかった筈《はず》だ。彼等は文字通り、運命に翻弄《ほんろう》されて生きてきた。

辛《つら》い運命にさらされた時、その運命を理解し、闘う力も智慧《ちえ》もない幼子だった。

原告者たちの年齢は六十代のはじめから六十代後半までである。終戦の年生れた赤ん坊が、六十二歳の原告になっている。

私は北京で終戦を迎えた時、二十三歳だった。前年八月に生れた娘をかかえていた。

娘はまだ歩くことも出来ず這《は》い廻っていた。

夫は終戦の年の六月現地召集されて、どこにいるのかさえわからなかった。

満一歳の娘を何としてでも日本に連れ帰らなければならぬという想《おも》いだけで、私は生きていた。中国人に殺されても仕方がないと脅《おび》えていた。私は自分の目で、北京に於《お》ける日本人たちの中国人に対する横暴、虐待《ぎゃくたい》を見てきていたからだ。

もし、あの時、私が満州にいて、ソ連人の襲撃に遭っていたらどうだろう。私の叔父の一家はハルピンにいて、子供たちは、まだみな幼なかった。私は夫のいない北京の家で、子供を背負い、歩いてでも肉親のいるハルピンに行こうかと真剣に思いつめたりしていた。

あの時、もしハルピン行を決行していたら今の私はいないし、娘は、残留孤児になっていただろう。

人間とは情けない動物で、自分の経験していないことに対しては、まことに想像力が乏しい。自分の愛する人と死別して、はじめて同じ境遇の人の辛さや悲しみを理解出来るのだ。自分が失恋してみて、失恋のため正常な判断力を失ってしまった人の苦悩が察しられるのだ。

貧乏したことのない人間には、十円の銭さえ拾いたい貧しい人のみじめさがわからない。

私たち、戦争の時代を生き、戦争の実体とその虚《むな》しさを経験したものが、いくら話しても、戦後生れの人たちに、それを自分と同じようには感じさせられない。それでも人間には想像力の可能性が与えられている。

残留孤児の苦労を、帰国後の生活の苦しさを、彼等と同じにはわからないまでも、私たちは、自分を人間と思っているなら、想像力をふるいたて、駆使して、彼等の辛さ、苦しさ、心のひもじさを理解しようと努力すべきであろう。

判決文を読み、こういう判決文の書ける人の想像力のなさに恐怖と絶望を覚え、身も心も震えあがった。

（2007・2・3）

奇跡の帰還

栃木県足利《あしかが》市で一九九〇年、当時四歳の幼児が殺害された「足利事件」で犯人とされ、捕らえられたのが菅家《すがや》利和《としかず》さんであった。

女児の着衣から検出された体液のDNA型が菅家さんの型と一致していたというので、菅家さんが犯人と警察側は見込みをつけ、菅家さんはそれを証拠として示され、厳しい取り調べを受けた時、殺害したと自白している。DNA型と自白が、菅家さんを犯人とする証拠にされ、無期懲役の刑を言い渡された。

菅家さんは一審の途中から、否認したが取り上げられなかった。

菅家さんの弁護側が、ねばり強く再審請求をつづけた結果、東京高裁が再鑑定を決定、改めてしたDNA鑑定の結果、菅家さんの型とちがっていたことが判明し、急転直下、菅家さんの刑の執行が停止され、刑務所から釈放されることになった。

信じられない運命の急変が、菅家さんにはよく襲ってくる。前のはいまわしい急変だが、今度のは、夢のような喜びを伴った急変である。

十七年という長い歳月、無実のまま冤罪《えんざい》の中に、すべての自由を奪われていた無念さを思いやると、胸が痛くなる。

私が菅家さんの運命に一方ならず興奮するのは、まだ有髪《うはつ》の頃、同郷の冨士茂子さんの「ラジオ商殺し」と報道されていた冤罪事件に関わり、二十数年もかかって、茂子さんの無罪をかちとるため闘った苦い経験があるからである。

茂子さんは夫殺しだと認定され、裁判不信を抱き、上告を自分で取り下げてしまった。支援者はびっくりしてなすすべもなくなった。獄を出てからひとりで真犯人を捜し出して、検察に仇《かたき》をとるなど非現実的なことをいいだした。しかし獄中で、支援者たちの熱い心に触れ、茂子さんは、やはり再審を請求して、裁判をやり直し、無実を証明したいと思いだした。長い歳月に女性支援者の多くは死亡してしまい、再審決定時は市川房枝《ふさえ》女史と私だけが辛うじて残っていた。

茂子さんは、再審開始の決定を見ずに病死してしまった。最後の頃は熱のせいか、頭がもうろうとして、裁判所から再審の通知が来たと、友人の手紙を、見舞いにいった私に嬉《うれ》しそうに見せたりしていた。

茂子さんの姉たちが遺志を受けつぎ、私も市川さんもそれを支援しつづけた。ついに再審の決定が下り、無実だと勝訴した時は、茂子さんはこの世の人ではなかった。

菅家さんの無実はもう証明されたも同然である。死刑でなく無期でよかった。生きていたから今の喜びをかちとれたのだ。やりもしない自白を彼等がしてしまうのは、そうせざるを得ない絶望的な取り調べが行われるからである。おめでとう菅家さん、御苦労さまでした。どうかお体を大切にして、失った歳月の分も幸せを取りもどして下さい。

（２００９・６・６）

人権と裁判

夫殺しの冤罪で長い間入獄していた「徳島ラジオ商殺し事件」の冨士茂子さんの名を覚えていてくれる人があるだろうか。茂子さんは絶望的になって出獄した後、支援者たちが熱烈に自分の無実を信じ、再審請求のため闘ってくれていることを目で見、肌に感じて、生きる勇気と、闘う意志を取り戻した。

その時、茂子さんは自分一人の悲運として捕えていた冤罪の裁判を、社会のすべての人の上に、いつふりかかるかしれない問題だと感じ、個人的な問題ではなく、社会的問題として捕えるようになった。茂子さんの意識を変えたのは、この支援運動に、ボランティアで、手弁当で、自分の時間と労力を提供して、街頭に立ち、人々に呼びかけ、ビラを配ってくれている若者たちの姿であった。

「あんな無償の奉仕をしてくれている若い人たちの真心にこたえん者は人間でない。本人の私が街頭に立って、頭を下げげんことには罰が当ります」

茂子さんは目に涙をためて述懐した。長い長い闘いであった。私は支援者の一人として、はじめの頃からこの裁判につきあった。茂子さんはガンに倒れ、無実の判決を聞かずに死んでいった。その後はご家族が志を継ぎ闘いつづけ、ついに死後に無罪をかちとった。

再審決定の時、はじめの頃の支援者のほとんどは死亡しており、残っていたのは市川房枝女史と私だけになっていた。二十四年かかった。

市川女史は、再審開始決定の後で、私の手を握りしめ、

「まだ安心できない。検察の抗告が心配です」

とおっしゃった。それから私はどんなに胃の痛むような重苦しい日を送ったことか。

茂子さんの裁判の経験で、私は日本の、裁判所側の人たちが、いかに自分たちのメンツを守るため、団結して、仲間をかばうかを、肝に銘じて記憶させられた。その分、被害者の人権は踏みにじられ、かえりみられないことが多いということもよく知らされた。

最近、甲山《かぶとやま》事件で、またもや検察側は控訴《こうそ》した。二度も、無罪の判決が下った裁判を、今更控訴するということは、日本の裁判の判断の不明と、司法の権威の無力さを、検察自らの手で、証明するということになる。

これでは日本人は裁判が、自分たちの人権を守ってくれるためにあるという信頼を、捨ててかからねばならない。

被告になり長い裁判に翻弄されつづけてきた山田悦子さんの、二十四年という長い歳月の無駄は、たとえ無罪になったとしても、還《か》えらないのである。被告は迅速な裁判を受ける権利が憲法で保障されているのだ。国民世論の控訴取下げを求めている声を、検察側は謙虚に聞くべきではないだろうか。

外国では判決の下りた裁判の検察側控訴は、出来ないという法律になっている国が多いという。

「日本も早くそうならなければだめです」

市川女史のきっぱりとした声音が、今改めて私の耳によみがえる。

（1998・4・19）

汚染された日本人の心

かねがね私は八十六年も生きてきて、今ほど悪い時代はなかったと口癖のように云《い》ってきた。

それが思いつきや冗談でなく、この数日のニュースを見ても思い知らされる現実であることを確認する。

農薬で汚染された事故米を食用として転売した事件にはぞっとした。今の日本では食料自給率が呆《あき》れるほど低くなっていて米以外の食料も大半輸入に依存している。外国産の輸入ものが安いから、庶民は苦しい家計の中で、どうしても安い方を選ぶ。ところが安かろう、悪かろうで、それは、毒物混入のギョーザであったり、農薬のくっついた事故米であったりする。しかもその事故米の転売先では病院食や給食にあてられ、またおにぎりになって、スーパーやコンビニエンスストアに流れている。誰の口に入ったか想像しただけでも恐ろしい。

しかもその調査をした農林水産省では、調査の前に、調査日を相手方に知らせていたというのだから、何の為《ため》の調査か訳がわからない。

金さえもうかればいいという業者の心の卑《いや》しさも自分の仕事に責任感の薄い役人の怠慢も、言語道断である。お米の一粒の中には仏さまがいらっしゃると、私たちの世代は、親から頭に叩《たた》きこまれてきた。だからこそ、食事の前に手を合わせていただきますと素直に口に出来たのだ。

食べる前に毒ではないかと疑わねばならない食事をする不幸な時代に生きるとは想像も出来なかった。

その上、またしても六万九千件の年金記録改ざん事件である。高齢者は益々《ますます》生き難《にく》くされていく。

どこまで人々の良心が失われていくのか。恥も外聞もなく欲に走る醜い人間になり下がってしまったのか。

日本は戦争に負けて以来、目に見える物質ばかりを追い需《もと》め、失ったものを取り返すことだけに必死になって働き、目に見えない良心を失ってしまったのだ。

目に見えない神も仏も見失ってしまったのだ。

今の日本に何が大切かといえば、良心を取りもどす教育であろう。

心の誇りを子供の胸にしっかりと植えつける教育であろう。

人間がしてはならぬこと、人の痛みや苦しみに無関心でいられない慈愛の心、自分の身を犠牲にしても、他者の苦しみを救う義俠心《ぎきょうしん》、そういうものは、かつての日本の庶民の誰もが持っていた。

貧しかったが、あの頃の日本は人の心が清潔であった。

ついでに云えば国技といわれる角界の堕落ぶりも目を掩《おお》うものがある。いっそ、国技という冠を外してしまえばどうであろうか。

（2008・9・20）

伝える人の少くなる不安

新藤兼人さんは当年九十五歳で現役の名映画監督である。私は一度だけお目にかかったことがある。十年前、私が文化功労者に選ばれた時、新藤さんも御一緒で、御所の同じ部屋で待合せした。若い男女の弟子らしい二人につきそわれ、いたわられていた。八十五歳だったが、かくしゃくとしていられた。初対面の挨拶《あいさつ》だけで特別の話もしなかった。

私はすぐれた監督としてより、乙羽《おとわ》信子《のぶこ》さんが惚《ほ》れぬいて、死ぬまでこの人の映画に出演したという意味で興味深く、始終監督の言動を拝察していた。

乙羽さんに先だたれてがっくりなさり、体調を崩すかと案じていたが、その後も仕事をつづけられて、その存在感はいっそう輝いてきた。

今日、週刊誌のある頁《ページ》の片隅に、その人のスケジュールとしてのコラムがのっていた。

九十五歳の新藤さんが、原作と脚本を担当した「陸《おか》に上《あが》った軍艦」という映画を作られたいきさつが報じられていた。

その映画は、敗戦の時上等水兵だった新藤さんの戦争体験をもとにしたものだそうで、「いかに真実を訴えるか」という意味で、みずから出演もされたという。

「戦争の反省というと、かっこよく聞えますが、実際の兵隊は家族と離れ、泥まみれで全滅していったんです。この映画は、非人間的な戦争末期の実態のほんの一部です。あの部隊にシナリオライターは僕だけだったから、亡《な》くなった人のためにも伝えておきたかった」

との言葉があった。

映画は終戦の一年前三十二歳で召集された新藤さんの再現ドラマと、証言者としてご本人が出演するドキュメンタリーで構成されているという。

「戦争は個を破壊するのです」との言葉もある。

この映画はどんなに忙しくても見逃すまいと思う。

この間に大庭みな子さんが十一年間の闘病の末亡くなった。

大庭さんは終戦の時、広島で、女学生として、現場処理を手伝わされ、原爆の被災者の苦しみ死んでゆく様を連日目撃し、その地獄図を終生胸に抱いていた。

くり返しその悲惨な様を、見事な文章で伝えつづけていた。

大庭さんの数々の小説のすばらしさもさることながら、私は、この広島体験を書いた随筆のすばらしさこそ、大庭文学の根っこにある宝だと思いつづけている。

戦争の体験者は、もう日増に少くなっていく。戦争を知らない世代が中心の政府は、イラク派遣を二年のばしている。


（2007・6・23）

偽りに不感症な怪物

今年の漢字が選ばれた。一年の世相を代表する漢字は、一九九五年から一般の人々から公募している。選ばれた字は、毎年清水寺の貫主が清水寺の舞台で墨痕《ぼっこん》鮮やかに染筆することになっている。主催は公益財団法人日本漢字能力検定協会で、もう十二年つづいた京都の年末の派手なセレモニーになっている。

必ずテレビにも映るし、わざわざ見物に行く人も多い。忘れている人も、テレビのニュースで目の前で書かれる雄渾《ゆうこん》な一文字を見て、ああ、今年の漢字か、と思い出す。

二〇〇七年は選ばれた文字が、何と「偽」であった。約九万八百通の応募のうち二割近くの約一万六千五百人が、揃《そろ》って「偽」を選んだというのである。

一気に「偽」と書き上げた森清範《せいはん》貫主は、「こんな字が選ばれることは恥しい」と怒りをあらわにされた。

しかしながら、庶民の多くが、今年の世相から、政治とカネの汚い偽りの数々や、しにせの名店と誇り、人々も信用していた名物菓子や最高の料理店と誇っていた船場吉兆《きっちょう》の数々のごまかし作業が暴露されたことに、開いた口がふさがらない想いを味わされ驚きを通りこして、怒りが胸に重く残ったことは忘れられない。年金記録もごまかされる。国を護《まも》る立場のお偉いさんが、ワイロを取りまくっている。

どっちを向いても疑わしいことばかりで、何も信用出来ない。

いつ、日本はこんな汚らしい国になってしまったのか。

「美しい国」など謳《うた》っていた首相も、自分の言葉の真実味の薄さに、気力がなえてノイローゼのようになってしまったのだろう。

子供は大人の背を見て育つ。こんな嘘《うそ》つきの大人の見苦しい偽りまみれの生き方を見て育つ子供が、真剣に勉強などするだろうか。日本の子供の学力が、恥しいほど落ちているのも、偽りだらけの世相と無関係ではない気がする。

生れた国に誇りを持てないで、その国に繁栄がある筈がない。

昔の日本は外国人が訪れて、その気品の高さと礼儀の正しさに驚嘆し、尊敬させたという歴史を持つ。

日蓮《にちれん》の「法華題目抄《ほっけだいもくしょう》」の中に、

「仏と申すは正直を本《もと》とす」

という言葉がある。釈尊は正直ということを根本としておられる。ということで、仏教の根本の教えは正直、偽りのないことである。

私たちの子供の頃は「嘘をつくと、死ねば閻魔《えんま》さんに舌を抜かれるぞ」と、大人に脅かされたものだ。そんなことある筈がないと思いながら、やっぱり、ヒヤッと一瞬背中が寒くなった。

今、人々は目に見えないものへの畏敬《いけい》を失っている。その為、どんな浅ましい偽りを犯しても恐れも恥も感じない不感症な怪物に、人間を変えてしまったのである。

（2007・12・15）

地獄にも仏

一九九九年にハルマゲドンになり、世界は破滅するという予言は、ノストラダムスの予言やら、オウムの麻原の御託宣とやらで世に知れ渡ったが、ほとんどの人間は、それを信じてはいないだろう。しかし、それが決して来ないとはこれまた誰も断定出来ないのである。何しろ、この頃の世の中の物騒極りない状況を見れば、これが普通の人間の住む社会とも思えなくなってくる。

地震、竜巻、洪水の天変地異も頻繁なら、得体の知れない伝染病も根だやし出来ていないし、この飽食の世界のどこかには、飢餓に苦しむ人々が後を絶たない。

原発は事故を起しつづけるというのに、中国ではまもなく世界一、原発国家になるため着々計画がすすんでいるという。中国に原発事故が起れば一衣帯水の日本は、もろにその大被害の餌食《えじき》となる。核を持っている国は、よその国に持たせまいと主張するが、今持っている自分の国の核を捨てようとは、どこの国も言わない。戦争の危機はいつも消えない。今度戦争が起れば、地球の破滅だと言いながら、いつでも大きな戦争の起きる時は、ひとりの為政者の狂気じみた確信が、ゴーのボタンを押す。

今のところ、核を使わない小ぜりあいがあちこちで起っているのが、いつ、何の拍子で、核戦争に飛び火しないとも限らない。九九年まで待たないでも、今年、来年にそれが起っても不思議ではない。かてて加えて人心の荒廃は底なしに進んでいる。昨今の小学生殺しの手口など、人間のものとも思えない。小学生や中学生の殺人も増えているのだから、教育の無力ぶりは弁解の余地もない。

住専の問題や、もろもろの汚職事件の続出にも、はじめは驚き怒っていたが、人間の神経の浅ましさよ。もう狎《な》れてしまって、だんだんエスカレートしてゆくそうした事件も、あ、またかと無感動になってきた。

オウムは地獄のイメージを信者たちに見せ、恐怖を植えつけてグルへの信仰をすすめたが、演出し、造りあげた地獄のイメージなどではなく、今の、このわれわれの日常こそが地獄でなくて何であろう。

死ねば、極楽や地獄はあるのかという問いに、釈尊は黙ったままで答えられなかったという。仏教の思想は死んでどうこうでなし、生きている今を切に生きよという教えだからといえば、そうかとも思うが、やっぱりあの世に地獄はあるのかないのか、悪業を積んだ凡夫にとっては気にかかるのである。しかし、釈尊に訊《き》くまでもない。今、この世界、この日本こそが地獄だと直視すれば、あの世の地獄も怖くない気がする。平安時代が、釈尊死後の末世到来と人々はおびえたが、末世の度合は千年の間にますます進んできた。ともすれば絶望的になる中で、それでも光りは皆無というわけでもない。京都人の中坊《なかぼう》公平弁護士の最近の目ざましい活躍ぶりこそ、地獄に仏という言葉を思い出させる。「なぜ弱い者がいじめられなきゃならんのですか」

公憤に顔を赤くして、住専問題や、島の環境問題に、忘己利他で取り組んでいるこの人を見ると、生きた菩薩《ぼさつ》行者として、思わず合掌する。やはり人間はすばらしいし、この世も捨てたものではないか。

（1997・6・1）

アングリマーラの話

酒鬼薔薇聖斗《さかきばらせいと》と名乗る少年が殺人者として裁かれている。彼は手記にバモイドオキ神という耳馴《みみな》れない神に忠誠を誓い、その神との契約に於《お》て、連続殺人を計企したようなことを書いている。バモイドオキ神というのには、全く心当りがないが、その神と契約に於て何人かの殺人をしなければならぬことをアングリと呼んでいる。これには仏教徒の私はいささかならず衝撃を受けた。

あるいはそれも、漫画に出てくる言葉なのかもしれないが、仏教では二千五百年前、釈尊が祇園精舎《ぎおんしょうじゃ》を作った舎衛城に住んでいた頃、夜な夜な現われて辻斬《つじぎ》りする殺人鬼のいたことを伝えている。テーラーガーター（長老偈）というお経の中にある話である。その殺人鬼は人を殺す度指を一本ずつ切り取って首飾りにしていた。指はサンスクリット語でアングリ、マーラは首飾りということばなので、人々はアングリマーラというあだ名をつけてこの殺人鬼を呼ぶようになった。漢訳では指鬘《しまん》と訳されている。

彼は舎衛城のバラモンの大臣の息子で、容姿も智慧も秀《すぐ》れていた。師のバラモンは五百人の弟子を持つ有力者だった。彼の若い妻が美男の弟子に恋して、夫の留守に言い寄り誘惑したが、弟子がはげしく抵抗して拒絶した。それを根に持ち、女は老夫に、その弟子が自分を誘惑したと訴えた。老バラモンは妻の言葉を信じ、嫉妬《しっと》と憤《いきどお》りに逆上し残酷な復讐《ふくしゅう》を思いつく。弟子を呼び寄せ、

「お前の行は大方終った。最後の行は早朝起きて町の四辻に立ち、百人殺して、百本の指で首飾りをつくることだ。さあ、行け、それでお前の行は完成する」

若い弟子は師の命令に抵抗を感じたものの、師には絶対服従を誓っているので、手渡された剣で、毎日人殺しを実行した。九十九人が殺された後、アングリマーラの前に百人目の男が立った。弟子たちの止めるのを振り切って自ら出て来た釈尊だった。アングリマーラは、釈尊の威厳に打たれ、一喝されて目が覚め、武器を捨てて、釈尊の足許《あしもと》に身を投げ出し、懺悔《ざんげ》した。釈尊は、改悛《かいしゅん》した彼を弟子の一人に加え、毎日町に托鉢《たくはつ》に出した。王が捕えに来たが、釈尊はすでに自分の弟子だからといって、渡すことを拒んだ。王は釈尊の深い帰依《きえ》者だったので引き揚げた。

アングリマーラは毎日町へ托鉢に出ては人々に「殺人鬼」とののしられ、石を投げられ棒で打たれ、血みどろになって命からがら帰ってきた。釈尊は「ただ耐えしの

べ」というだけだった。アングリマーラは、あらゆる迫害に耐え、ついに悟りを開き、月のように世を照らす人と生まれかわった。

少年酒鬼薔薇はアングリマーラの話を正しく知っていたのだろうか。

そんなことをひそかにひとり思いあぐねている時、永山則夫《のりお》をはじめ四人の死刑が執行された。いかにも時期的にみて意図的な匂《にお》いのする死刑であった。人は誰でも、殺され、かつ、殺す運命を持って生まれている。戦争で人を殺した人たちや、今、殺しつつある人はどう救われるのか、殺すことを命じた人の罪はどうなるのか、私は仏教徒であるため、死刑には断固反対の立場をとる人間である。

（1997・8・10）

人気妖怪《ようかい》

今回の角力《すもう》では、横綱の朝青龍《あさしょうりゅう》が、早々とけがをして休んでしまった。と思うとゴジラこと松井秀喜《ひでき》選手が、手を骨折して、グラウンドから消えた。

二人とも元気溌溂《はつらつ》としてその瞬間まで、そんな事故に遭うなど、予想も出来なかった。二人とも勝負運が強く、そのための努力も稽古《けいこ》も人一倍している。もちろん、天与の才能に恵まれていることは万人の認めるところである。才能があって、努力を惜しまず、稽古に励んで、それぞれの場の頂点に登り詰めた人である。運もついていたのであろう。

ところが、世の中はそうそう順調の風ばかりは吹かない。人の世のすべての現象は移り変わる。生々流転《るてん》するのである。

同じ状態は続かない。休まれてみてつくづく思うことは、そのスターが居なくなれば、角力も野球の試合も、どんなにつまらなく魅力がなくなるか案じたのに、居なければ居ないで、他の力士や選手が頑張って、結構面白いのである。

黒柳徹子さんが、幾年前だったか、人気絶頂で、掛け持ちでいくつもの人気番組のレギュラーとしてこなしていた頃、思い立ってニューヨークに何年か勉強に行ったことがあった。

その時、中でも人気のあったテレビの番組で、何かの食べ物屋の女将《おかみ》さんの役をしていたそうだ。その役があと、どうなったか気にかかって、ニューヨークで日本のテレビを見ていたら、そのテレビドラマの中で、

「あら、女将さんがしばらく見えないね。どうしたの」

と客にいわせ、夫役の俳優が、すまして、

「へえ、家内は先月、病気をこじらせて死にまして」

とすまして答え、何の障《さわ》りもなくドラマが進んでいたという。そのうち、新しい女将さんと再婚して、ドラマの中でその店は益々はやっていたとか。黒柳さんは例の早口でその次第を話してくれながら、

「だからさあ、ちょっと忙しかったり人気が出ると自分中心に世界が廻っているように錯覚しがちだけど、そんなことないのよねえ、自分が居なくなったって、替わりはいくらでもひかえているのよ。あれで私人生観変わっちゃった」

と面白おかしく話してくれた。

その後、私も似たような経験をいくつもしてきた。

世の中で、一番はかないのは人気というものかもしれない。人気は妖怪である。

政治の面でもいえるだろう。あんまり一つの政党や、政治家の人気がつづきすぎると、国民は飽いてくるし、空気がよどんでくる。五年つづいた運の強い小泉さんの人気は衰えないままで、すっきり幕をおろしそうだが、そのあとは誰が、日本のトップ政治家になるか、これはひとつの正念場を迎えることになるだろう。


（2006・5・27）

細川護熙《もりひろ》さんとの縁

　東京都知事選に細川護熙元首相が「脱原発」を争点に掲げて立候補するとの決断をした。「ああ、やっぱり」という思いと「大変だなあ。書きかけの襖絵《ふすまえ》はどうなるのだろう」という思いが一緒に心に湧《わ》いてきた。

　一九九八年に政界を引退して以来、細川さんは浮世に背をむけ、陶芸や絵や書に身をゆだね、まるで出離者のように孤独で清潔な暮らしをされていた。政治家の時も、芸術家になられてからも縁がなく、お逢《あ》いすることもなかった。偶然、祇園の小料理屋「おいと」で隣り合わせになったことがあったが、お互いにつれがあったので黙礼だけで終わった。

　細川さんの作品の茶碗《ちゃわん》は、細川さんの作品を扱っている古美術商の「柳」で見せてもらっているし、「柳」から展覧会の案内はいつも送ってもらっているが、展覧会には出かけていない。行けば私は必ず欲しくなって買うだろう。それは高いに決まっている。私は九十も過ぎたので今や整理の時期に入って執着のかかるものは増やさないと心がけているからだ。細川さんの作品は陶器でも絵でも字でも自由でおおらかでこせこせしていない。

縁ができたのは、細川さんが活動している「瓦礫《がれき》を活《い》かす森の長城プロジェクト」という会から、法話を頼まれたからであった。震災瓦礫を活用して海岸に土塁《どるい》を築いた上に植樹して、十～二十年で、防災環境保全林（緑の防波堤）を造るよう活動する公益財団法人で、細川さんがその理事長だという。初めて知ったそんな仕事に、全くの隠棲《いんせい》人だと思っていた細川さんが関わっていたのにちょっとびっくりしたが、いいことなので私はボランティアのその法話を引き受けた。

そんなことも忘れていた時、細川さんがお供もなくひとりでひょっこり寂庵へ来られた。法話のお礼だという。私は呆《あき》れて、「細川さんは、こういう時、わざわざ御自身でお出かけになるのですか」と尋ねた。「はい、それが当然でしょう。お世話になったのですから」。そのさっぱりした言葉や表情には由緒《ゆいしょ》ある殿様でも孤高の芸術家でもない至極当たり前の庶民の善意だけが温かく漂っていた。

そのうち小泉純一郎元首相の「原発ゼロ宣言」が世の中を沸かし、細川さんと小泉さんが心を合わせて「原発ゼロ宣言」を表白するようになってきた。もともと3・11

の災害以来、反原発を訴えてきた私は、この成り行きに無関心ではいられず、もっと知りたいと思っていた。その時、私がかねがね信頼している「物知り博士」の池上《いけがみ》彰《あきら》さんの『池上彰が読む小泉元首相の「原発ゼロ」宣言』という本が刊行された。早速取り寄せて熟読した。小泉さんの発言録に始まり、池上さんがインタビューした反原発の三人の言葉が池上さんの分かりやすい解説で載っていた。その中に細川さんも入っていた。そのページを読んで、細川さんの脱原発の考え方と、その真剣さがしっかり私の肚《はら》に伝わってきた。小泉さんの真剣さも理解できた。径《こみち》書房から発売されたこの本を読み終えた時、電話があった。初めて聞く細川佳代子夫人の声で、細川さんの選挙に名を貸して欲しいということだった。私はその場で「はい、どうぞ」と答えていた。

（2014・1・19）

アベ政治を許さない

日本列島を燃えあがらせた、安倍晋三《あべしんぞう》首相の戦争法案反対への国民の熱気もむなしく、七月十六日の衆院本会議で、主な野党がそろって退出した中、自民、公明両党などで強行採決してしまった。

テレビでその場面を見ていた私は、これが立憲主義の日本の政治かと、情けなさに涙も出なかった。

長い病気療養の結果、全快とはいえない体調に鞭《むち》うち、六月十八日に上京して、国会前に集まっている人たちに車椅子《くるまいす》から立ち上がって、「九十三歳の私がふりかえって、今ほど日本が悪い時はなかった。戦争は悪である。集団人殺しである。絶対に再び戦争を招いてはならない。未来は若い人のものだ。若い人は立ち上がって自分の未来を守ってほしい」と声をあげた。体力に自信がなかったので、私は誰にも告げず、どこにも属さず、ひとりで行動した。もし倒れたら、自己責任だと思っていた。メディアには一切告げなかったが、法衣の私は目立つらしく、いつの間にか数十人のマスコミの人たちが集まっていた。場所を借りて記者会見して、安倍首相の政治方向への不安について話した。

その夜のテレビニュースや翌日の新聞のほとんどが私の上京の件を扱ってくれていて、未知の人々からのハガキやメールも入って、少しは役に立ったかと思われた。私の引きあげる車椅子に向かって手をふり、何か叫んでくれていたのは見るからに若い人々の群れであった。今どきの若い人々には、六〇年安保の頃の学生たちの情熱はないのかと見ていたが、今度の戦争法案の強行採決に対して怒りをあらわにして廃案にしようと、いっせいに立ち上がった姿と熱気を見て頼もしくなった。

学生たちでつくられた「ＳＥＡＬＤｓ（シールズ＝自由と民主主義のための学生緊急行動）」の働きは目ざましく頼もしい。多くの人々の先頭に立って、「安倍政権ＮＯ！」と、声をあげている熱気を見ると、彼らの未来に光はあると頼もしくなる。

七月十八日になると、国会正面をはじめ、日本全国各地、北海道から沖縄までの町々で、いっせいに「アベ政治を許さない」というメッセージの書かれた紙が人々の手に掲げられた。

これは、ずっと「九条の会」の運動を大江健三郎《けんざぶろう》さんたちと熱心につづけている作家澤地久枝さんの発案で、雄渾な文字を俳人の金子兜太さんに書いてもらったメッセージである。それを各自が持ち、カウントダウンに合わせて、いっせいに国会に向けて突きあげるという仕組みであった。澤地さんは小柄で和服の似合う可憐《かれん》な女人だが、心根は烈《はげ》しく、「婦人公論」の編集者をやめて以来、作家になって群れず、ひとりで『妻たちの二・二六事件』などの作品を書きつづけている。

電話で見舞うと、疲れきって寝ていたが、「今度の計画で、見事に世の中を動かしたね」というと、「うふふ」と明るい声で笑い返した。

（2015・7・26）

第五章　女にまかせろ

いずこも同じ女の悩み

四十年も前に書いた小説『女徳』が、イタリア語で訳され、それがよく読まれているというきっかけから、先日、国際交流基金の招待を受け、十日ほどローマ、ミラノに行って来た。

ローマとミラノで講演し、あとの時間は「ローバの休日」よろしく久しぶりで仕事を離れた時間を愉《たの》しむことができた。

「出家する女たち」という題の講演を、『女徳』の訳者のリディア・オリリアさんが同時通訳してくれて九割がイタリア人の聴衆から、熱心に聴いてもらえた。

講演後の質疑応答でも積極的な有意義な発言が多く、私の方が、多くの刺激と啓発を受けた。

小説の件や、出家について、または源氏物語についての質問の他に、びっくりしたのは、私が戦争反対の断食《だんじき》を二度行ったことに対する質問が多かったことである。日本では作家と出家者が一人の人間の中に同居することに矛盾を感じないかということが、今でもしばしば質問の大きなものの一つになっているのに、イタリアでは、むしろ、作家であり、出家者でありながら、社会的な事態に無関心ではなく、積極的に意見を発表し、自分の信念を行動に表現するという生き方に、質問する人が圧倒的に多いのであった。

聴衆は、年齢も各世代にわたり、男性も日本での場合より多かった。日本でよくある、いわゆる身の上相談的なことはほとんどなかったが、米国主導のテロとの戦争に対する危機感は強く、暴力の連鎖をいかにして断ち切るかということには強い関心を見せていた。

公的な講演の義務が終わった後で、十人ほどの女性たちと、ローマでもミラノでも会食の機会に恵まれたが、その時の同席者たちは、すべて日本文学の研究者であったり、現在、イタリアの第一線のキャリアウーマンで、ジャーナリストや文筆家として活躍している人々ばかりであった。

彼女たちとの打ちとけた会話は、知的で、愉しく、私の方が質問をさせてもらうことも多かった。

彼女たちの現在の悩みは、家庭と仕事を両立させることの難しさであった。

仕事を熱心にすれば、どうしても家事は手抜きになり、夫と子どもに心ならずも犠牲を強いることが多くなるのが辛《つら》い。仕事は好きだし、もっともっとやりつづけたい。しかし、結婚生活も全うしたいし、子どもにも充分愛をそそぎたい。

どこに比重を一番大きく置くかといえば、異口同音に、仕事というのが迷いのない答えなのだが、そこにそれぞれが心と暮らしの上にひずみを感じていることであった。

世界は狭くなった。いずこも同じ女の悩みということであろうか。他者とのかかわりは、理解と愛の上に成り立てば、国境も人種の差もなくなるのだということを実感した旅であった。

（2002・10・27）

女にまかせろ

私の子供の頃、お巡《まわ》りさんはサーベルを吊《つ》って黒い服を着て、威厳があった。悪いことをするとお巡りさんが来てつれて行かれると教えられ、恐れていた。

学校の成績がいいのに、家が貧しくて中学校へ進学出来ない知人の男の子に、文字の読めないおばあちゃんが、大きくなったらお巡りさんになってくれと、口癖に言っていた。悪い人を捕え、いい人を危険から守ってくれるお巡りさんは、おばあちゃんにとっては、頼もしい正義の味方で、頭のいい孫がそのお巡りさんになることは、誇らしい嬉《うれ》しい夢であった。

近頃は泥棒を摑《つか》まえる役目のお巡りさんが泥棒したり、弱い人を脅したり、チカンになったり、ろくでもないことをすると報じられて、びっくりする。

犯罪を摘発し、治安を守る任務についている筈《はず》の警察が腐敗しきっている証拠のウミが、今度の神奈川県警の覚せい剤事件でふき出した。

覚せい剤を使用していた警部補の明らかな罪を県警では組織の体面を守るため、組織ぐるみで隠ぺい工作してきたというのである。開いた口がふさがらないとはこのことだろう。道徳も倫理も警察では死語なのか。

今なら、おばあちゃんが孫に、

「大きくなったらお巡りさんになれよ。悪いことをしても警察のみんなが守ってくれるからね」

と教えることになるのだろうか。

覚せい剤の撲滅運動が終った直後に、自分のところから覚せい剤使用の警察官を出せば問題になるというだけの理由で、幹部の判断により隠ぺい工作にふみきったという。

自分たちの組織のメンツのためには、どんなことでもするという考えは、一神奈川県警だけのものではなく、検察庁の中にもある。

多くの無実の裁判が長い歳月をかけて行われている場合も、裁判を長びかせているのは、検察側が、一度クロと決めた事を、どうしても守りぬくために、信じられないほど団結して、被告の無実を認めまいとするからだ。

ラジオ商殺しの冨士茂子さんの場合も、最近の甲山《かぶとやま》事件の山田悦子さんの場合も、これら検察の組織愛とメンツのために、長い歳月、無実の彼女たちは苦しめられつづけたのである。

メンツにこだわるのは、どうやら男性の特性のようだ。組織のメンツを異常なほど守りたがるのも男の特性のような気がする。組のためには何でもするというやくざのメンツに似通ってくる。やくざにも女はあまりいない。極道の妻はいても、極道そのものは少ない。いっそ二十一世紀は警察庁も検察庁も思いきって女の手にゆだねたら如何《いかが》なものであろうか。

（1999・11・7）

女の時代

日本の男性の人口が初めて減少を見せたと、総務省で発表された。一万六百八十人減で六千二百七万六千六百五十八人になったそうだ。総人口は前年より四万五千二百三十一人（〇・〇四％）増加しているというのに、男性が減ったというのは、その分女性人口が増加しているということである。

あの長い戦争の時まさに青春のさ中だった私たちの世代は、男たちがどっと戦場につれ去られて、大量戦死したから男の人口は減る一方で、国には、女たちの人口が断然多くなった。

女トラック一台に、男は一人などといわれるほど、男の数は減ってしまった。

まさに結婚適齢期の女たちは結婚の相手がいなくなってしまった。当時は結婚適齢期が早くて、女は十八、九から二十二くらいまでで、二十三になると、もう嫁《ゆ》き遅れになると親たちがあわてていた。いくらあわてても相手がいないのだから仕方がない。

それでも縁あって結婚した女たちがいても、結婚式をあげるとそそくさと夫は戦地に行ってしまう。

一九二二（大正十一）年生まれの私の女学校の同級生は、戦争未亡人が多く、また再婚、三婚した人も少なくない。それ以上に未婚に終わった人も多かった。

天の配剤か、宇宙の摂理のせいか知らないが、戦争中に生まれる子供にどうしてか男の子が多かった。そして男女の人口の差はいつの間にか平均していたようだった。

戦後六十年の日本で、何が一番変わったかといえば女性の意識と行動だろう。敗戦の棚ボタで、参政権を手に入れたのを始めとし、女たちは、年ごとに意欲的になり、社会進出を目ざすようになった。靴下と女が強くなったと言われるほど、たしかに戦後の女は強くなった。大量に殺されてしまった男たちに替わって、女の労働力が要求されもした。銃後を支えてたいていの苦労を耐えてきた女の底力がものをいう時代が到来したのだ。女は家庭に引っこんでいろという男の願望はもはやかえりみられなくなってしまった。女は男と同じように高等教育を受け、職場に進出した。

女の唯一《ゆいいつ》の幸福をはぐくむ場所としての家庭の魅力が薄くなった。

男と肩を並べて働いてみると、自分の能力が男にひけを取らないことを実感として識《し》った。子供は必ずしも結婚しないでも産んで自分で育てられることも体験した。男と同等に外で酒を飲み煙草《たばこ》をふかし、スカートを働き易《やす》いズボンに切りかえた。
今さら、男の人口が減っても怖くはない。また女トラック一台に男一人の時代が訪れても、女は焦《あせ》りはしないだろう。男の好きな戦争のない時代を女たちで築いていき、男の手を借りないで自分の子を育て、その子を戦争などで死なせない社会を到来させようと夢をふくらませるのではないだろうか。

（2005・7・30）

盲導犬とみつまめ会

目の不自由な視覚障害者は現在わが国では三十四万名に達している。その人たちによりそって日常生活を助けるため盲導犬たちが活躍している。ただし現在盲導犬を希望している視覚障害者は約七千八百名いるのに対し、盲導犬は約九百頭しかいない。他国に比べてこれは絶対数が実に少い。現在一年間に育成し供給されている盲導犬は、全国で百三十頭にすぎないそうだ。

盲導犬は人間の安全を守る仕事をするので適性が重視され、厳しい審査基準があり、指導してみても適性と認められデビューできるのは、約三、四割程度なのだそうだ。

性格に落着きがあり、理解力があり、服従心が強いなどが要求されるからである。日本で活躍している盲導犬はラブラドール種が多いそうだ。実はこういう知識はつい先日まで私には全くなかった。盲導犬の存在くらいは知っていたが、実際に、盲導犬につきそわれた目の不自由な人に町で出逢《であ》うことも至極稀《まれ》であった。それが突然、盲導犬に委《くわ》しくなったのは、私が依頼され作詞をした「風まかせ」という歌を、演歌歌手の中村美律子《みつこ》さんが歌い、それが縁で、美律子さんと親しくなったからである。

小さな全身からびっくりするほどの強烈なパワーを発散させて歌う美律子さんは、ざっくばらんで気どりのない性質でつきあい易い。

その中村美律子さんが、つい最近「まちかどのフィランソロピスト」賞を受賞したと聞いてびっくりした。そんな賞があるとも全く知らなかったし、フィランソロピーはギリシャ語を語源とした言葉で、「人類愛」「博愛」や「社会貢献」と訳されているのだそうだ。

美律子さんは憧《あこが》れの歌手になって、大晦日《おおみそか》のNHK紅白の舞台にはじめて立てた時、嬉しくて、その想《おも》いを何か社会にお礼の形で示したいと思い、出演料の一部をさいて寄付することを思いつく。たまたま目の不自由な沢市とその妻お里を歌った「壺坂《つぼさか》情話」がヒットして、それがきっかけとなり、盲導犬の必要性に思いつく。以来、コンサートの売上金や募金をして、それを盲導犬育成の寄付にあてるようになった。その時、「みつまめ会」という名称の福祉活動の会をつくった。

そんな話をしてくれる美律子さんは、あっけらかんとして明るく、「こんな舌噛《か》むような名の賞があるなんてちっとも知らなんだし、その賞をもらうなんて、もうびっくり仰天」と笑いとばしていた。

今、盲導犬ミツコ号は二十三号に達している。盲導犬指導に一頭一年三百万円必要で、すでに七千万円ほどの寄付をしている。まだまだ元気な彼女はおそらく「みつまめ会」の活動を将来もつづけていけることだろう。

（２００５・10・22）

太陽になった平成の女たち

二〇一一年は、平塚らいてうが女流文学雑誌「青鞜《せいとう》」を創刊してから、百年に当たる。「青鞜」は一九一一年九月一日の発刊であった。

らいてうはこれより三年前、小説家で妻子もある森田草平と心中未遂事件を起こし、派手な新聞沙汰《ざた》になり、不行跡な女のレッテルをはられ、天下に悪名をさらしていた。恋愛の実質は観念的なもので、肉体関係さえなかったが、世間がそんな恋愛のあり方を信じるはずもなかった。それ以来、鬱々《うつうつ》としていたらいてうに、雑誌の出版をすすめたのは、草平と高校時代から友人の生田長江《ちょうこう》だった。長江の開いている閨秀《けいしゅう》文学会の講義を受ける若い女性の中にらいてうも入っていた。

心中事件の時も、長江は友人として、草平を迎えに行ったり、よく面倒を見ている。少なくとも、世間よりは好意的な見方をしてかばってくれる長江の熱心なすすめに負けた形で、らいてうは曖昧《あいまい》な気持ちのままついに「青鞜」発刊にふみきったのだった。

数人の同人も集まり、彼女たちの方がらいてう以上に熱意にあふれていて、らいてうも次第に予想もしなかった雑誌発刊に情熱を抱くようになっていた。

その頃すでに高名だった与謝野晶子《よさのあきこ》に巻頭の詩をもらった。それは当時の若い女たちの胸をとどろかした。

「山の動く日来《きた》る（略）山は姑《しばら》く眠りしのみ（略）すべて眠りし女《おなご》今ぞ目覚めて動くなる」

らいてうもそんな書き出しの詩に興奮して、調子の高い発刊の辞を書いた。

「元始、女性は実に太陽であった。真正の人であった。今、女性は月である。他に依《よ》って生き、他の光によって輝く病人のような蒼白《あおじろ》い顔の月である。私共は隠されて仕舞った我が太陽を今や取戻さねばならぬ——」

興奮したらいてうの発刊の辞は、晶子の巻頭の詩と共に若い読者を熱狂させた。旧《ふる》い因習に苦しめられ、女に生まれたばかりに、生涯を自由に生きる権利を奪われ、男の陰にあって暮らさねばならぬ不都合と不満を、ここに至って声を限りに叫びたくさせた。それはらいてう自身の全く予期せぬ効果であった。厚い因習の壁を「青鞜」の同人の新しい女たちは、自分の爪《つめ》に血をしたたらせて、自分の素手でかき落とそうとする勇気を与えられたのだった。らいてうの発刊の辞は近代日本のはじめての「女性宣言」の呪文《じゅもん》となった。男女平等、恋愛・結婚の自由、性の解放、女性参政権、それらの女の夢は、彼女たちの熱情的な闘争にもかかわらず、昭和の敗戦まで手にすることはできなかった。

しかし、「青鞜」の女性宣言以後百年がすぎ、今年七月、ワールドカップ・ドイツ大会で、日本代表なでしこジャパンの女性サッカーの選手たちが、最強のアメリカを破り優勝をとげ、世界一の栄冠を勝ち取った。ついに日本の女性は輝ける太陽となって、未曾有《みぞう》の天災、人災に喘《あえ》ぐ暗い日本に希望の光を取り戻したのであった。

主将の澤穂《さわほ》希《まれ》さんはじめ二十一選手たちの笑顔こそ、太陽そのものである。

（2011・8・6）

人権から共生への道筋

大谷恭子弁護士は、私の同性の友人の中でも、大切に思い尊敬している人物である。いつからつき合い始めたのか、はっきり覚えてもいないが、大谷さんがこれまで弁護してきた人物が、永山則夫、永田洋子《ひろこ》、重信《しげのぶ》房子さんたちであり、その三人とも私は親しくなっていたので、どこかでいつの間にか大谷さんとも親しくなっていたのだろう。はっきり記憶にあるのは永田洋子さんたち連合赤軍派の裁判の時、証人として意見をのべてくれと頼まれたのが大谷さんからだった。

永田さんとは往復書簡集を出すほど獄中から文通がつづいていたし、重信さんとは、獄中に面会の度、大谷さんが一緒に付きそってくれた。重信さんの娘の美しいメイさんに会わせてくれたのも大谷さんだった。

三人の中でも最も深く面倒を見た永山さんにいたっては、彼の死刑後、本人の遺言を守り、書き遺《のこ》した本の印税を、ペルーの貧しい子どもたちに送ることを大谷さんは実行している。印税が少なくなってからは毎年チャリティーコンサートを開き、お金を作っては、今も送りつづけて、すでに十五年を越している。

大谷さんのお母さまは私より一歳年少で一九二三（大正十二）年生まれであられた。私と同じく一九四三（昭和十八）年に結婚され、結婚直後夫は出征し、新妻のお腹《なか》には男の子が宿っていた。戦地の夫は子どもが生まれた報《しら》せも受け取らず、早々と戦死していた。戦争未亡人になった若い母は、子どもを連れて婚家を出て東京で蕎麦《そば》屋をしていた兄を頼り、そこで働きながら夫の遺児を育てていた。結婚したら婚家に勤めるのが当然の世相だった中で、あえて婚家を出た戦争未亡人に世間の目は冷たかった筈である。やがて三歳下の軍隊帰りの青年と再婚し、恭子さんが生まれた。恭子さんの母は自分が教育もろくに受けられなかったことを悔い、恭子さんには早稲田大学の法科に進ませた。母の夢を叶《かな》えて弁護士になった恭子さんは、世間の冷たい目を浴びるような罪人の若者たちを、進んで弁護してきた。

お互い多忙なので、めったに逢えない恭子さんと私は久しぶりに東京で逢った。いつ逢っても恭子さんは弁護士らしい堅さは見せず、着るものも華やかで、優雅で魅力的な色っぽい女性である。今年は六十四歳になると聞いて、九十一歳の私は、まさかァと呆《あき》れた。どう見ても十歳は若く見える。

「逢う度、寂聴さんが亡《な》くなった母に重なってくる」と、恭子さんはちょっと目をうるませた。新刊だといって厚い本を貰《もら》った。『共生社会へのリーガルベース』という本には「差別とたたかう現場から」というサブタイトルがついていた。

帰洛《きらく》の新幹線の中で早速読みだしたら面白くて止まらなくなった。男女共生の基盤から、障害者とともに、病人とともに、外国人とともに、アイヌ民族とともに、被差別部落の人とともに、死刑廃止論から被災者とともに、原子力発電のない社会へ等々。私たちが現在を生きていく上で考えずにはすまされない問題が、次々取り上げられ真剣に論じられている。読み易く、面白いこの本を若い人たちにぜひ読ませたいと思いながら、私は胸が熱くなっていた。

（2014・3・16）

猛暑の日の面会

今年の異常な猛暑のある日、思いたって東京拘置所（小菅《こすげ》）へ行った。同行者の大谷恭子弁護士とも久しぶりだが、会えばすぐ心が通じて昨日会ったつづきのような気がする。

元死刑囚の故永山則夫さんや重信房子さんの弁護人に進んでなるような人なので、見かけの女らしさとは違って芯《しん》が通っている。よく笑うし、どんな重苦しい時も、どこかからりとしているので、私は信頼もしているし、深い友情も感じている。

重信さんとの面会にも何度か同行してもらっている。この間、最高裁判所への上告が棄却されたので、これからはもう自由な文通はできなくなるし、面会もむずかしくなる。

刑は二十年と確定したので、八十八歳の私は十中八九、もうこの世では会えないのだ。それに重信さんも昨年、がんの手術を受けて、今も完治したわけではない。命の保証は不確かだ。

大谷さんはその日の朝、政権交代後初めて二人の死刑が執行され、これまで死刑反対の立場をとってきた友人の千葉景子法相が執行に立ち会ったという事実に興奮して、珍しく涙ぐんでいた。千葉法相は死刑場を報道陣に公開する方針をとるのだという。私はもともと仏教者の立場から死刑に反対をとなえつづけているが、公開がどのような作用を持つのかまだよくわかっていない。

拘置所に着くと、暑さがいっそう身に迫ってくる。私は古い建物の時から、よくここへ通って「罪人」として疑われ、捕らえられている人の面会に通っている。受け付けをすませて呼び出しを待つ間に、不良っぽい若者が三人近づいてきた。最敬礼し「握手してください、ファンです」と声をかけられる。三人としっかり握手が終わった時、呼び出された。

エレベーターで面会所に行く。大谷さんと狭い部屋に入ると、すぐ透明アクリル板の向こうに重信さんが現れた。相変わらず美しいが、これまでのどの時よりも顔色が淡く、全身から頼りない印象を受ける。いつものようにアクリル板の両側から両手を合わせて話をする。

重信さんの方が落ちついていて、自分の状態を手短に正確に話す。これからは自由が制限されるからつらいだろう。体調は今のところ、まあまあだと他人ごとのように言う。たちまち十分の面会時間が過ぎ、重信さんは振り返りながら去ってしまった。大谷さんはそのあと二人で打ち合わせがある。その間、一人でエレベーターの前に残されていると、突然、ふきあげるように涙がつきあげてきた。もうこれで会えないのだ。

（2010・8・21）

ぬちがふう（命果報）

ぬちがふう。チンプンカンプンのこの単語は、沖縄のことばで「命あらばこそ」「死なないでよかったね」という意味だとか。

そういう題のついた映画のＤＶＤがある日、突然、朴壽南《パクスナム》さんから送られてきた。壽南さんと私は五十余年来の友人だが、会ったのは数回に満たない。彼女は日本で生まれ育った在日朝鮮人二世で、その出生の運命だけで、一方的におそいかかる理不尽で苦難の人生を歩まなければならなかった。彼女の名が世に知られたのは、高校生と二十三歳の女性が殺された小松川事件（一九五八年）で被告の在日朝鮮人二世の李珍宇とたびたび面会して書簡を交わし、それが出版されてベストセラーになってからだった。その『罪と死と愛と』という本を読んだ私が手紙を出したことから私たちの交際は始まった。李珍宇は後、絞首刑になった。当時の壽南さんは雨にぬれた白芙蓉《しろふよう》のように嫋々《じょうじょう》とした美女だった。

「子供の頃、ひどいいじめに苦しんで、もし魔女がいて日本人にしてくれるなら、声でも足でも何でもあげると思った」

と告げられた時、思わず手をとって泣いてしまった。

私が出家して寂庵を結んでから、突然元従軍慰安婦だったという韓国の女性を三人つれて訪ねてきた。すでに中年の壽南さんは別人のように太っていて頬もふくよかになっていた。元慰安婦たちは、こもごもに、日本軍に拉致《らち》され、慰安婦にされてしまった経緯をよどみなく語ってくれた。私は恥じいりうなだれあやまるしかなかった。

七十六歳になっても美しく色っぽい壽南さんは、今や記録映画の監督になっていた。その映画は、太平洋戦争の沖縄戦で、島民と、強制動員された朝鮮人軍属が、日本軍の盾にされ、むごい犠牲を強いられた理不尽極まりない差別の実態を明らかにしていく。執念の証言者探しをし、七十人にも及ぶ人の真実の声を壽南さん自身が聴き手になって、百二十時間にも及ぶ収録テープを回している。証言者たちは、壽南さんに向き合うと、魔法にかかったように素直になり、絶対死ぬまで秘《かく》し通そうとしてきたつらい経験や見聞のすべてを語りつづけてしまうのだった。聴き手の無限のやさしさと真摯《しんし》さが語り手の心の扉を自然に開かせるのだろう。語り終わった人の顔が一様にほっとした明るさと和やかさでやわらぐのは、観《み》る者に言いようのない感動を呼びおこす。

無理を重ねた壽南さんは、足元も弱く、目はほとんど見えなくなったという。娘の麻衣さんという杖《つえ》がなければ、何の行動も不可能になっている。それでも華やかさの残る美しい顔を紅潮させ、これからも歴史の闇《やみ》に光をあて嘘《うそ》をあばいてゆくという。真実はこうして誰かの情熱と努力によって、必ずいつの日にか取り出され、この世に伝えられていくのだろう。ぬちがふう。命あればこそ、この映画にめぐりあえたということである。

（2012・8・18）

第六章　好奇心が長寿の秘訣《ひけつ》

小澤征爾《おざわせいじ》さんのコンサートキャラバン

八月四日、私の恒例の天台寺法話の日であった。この日、人口五千余の岩手県浄法寺町に、小澤征爾さんのコンサートキャラバンがやってきた。

このキャラバンは世界的な名チェリストのロストロポーヴィチさんの発案に、仲よしの小澤さんが賛同して始まったものである。全く二人のボランティアで、無料の、世界最高に贅沢《ぜいたく》な出前音楽会である。

すでに一九八九年に岐阜と長野の両県を皮切りに、九三年には新潟県でも行われている。三回目の幸運が浄法寺町に舞い込んできたのは、わが天台寺の桂泉《けいせん》観音さまの御利益《ごりやく》以外には考えられない。

私の到着する前日、小澤さんとロストロポーヴィチさんのお二人が天台寺へ詣《まい》ってくれていた。もともと、天台寺で演奏する予定だったが、直射日光が当たるのと、しきつめた砂利の音が邪魔だということで、公民館に決まったのであった。

法話が終わると、コンサート会場へかけつけた。小澤さんにじかに逢《あ》うのは四十年ぶりくらいになる。

「寂聴さんに逢うのに天台寺にお詣りしておかなくては話にならないものね」

と嬉《うれ》しいことを言ってくれる。七十五歳のロストロポーヴィチさんを、小澤さんは、

「ぼくの兄貴のような、先生のような人。とても深い、あたたかいハートを持ったすばらしい人間」

と紹介してくれた。

本物の音楽会に行けない地方の人々に、なまの演奏を聞かせ、音楽を愉《たの》しみ、好きになってもらいたいからと、さりげなく言うが、世界的な大音楽家二人の演奏を、無料で出前で聞かせてもらえるなんて、冥加《みょうが》に余る話である。

会場では前列に小学生を座らせ、背後が大人席、私は最前列の小学生の真中に座った。演奏者も台なしのじかの床に椅子《いす》を置いてある。チェリストと小澤さんと私の間は一メートルもない。小澤さんのまるで若いダンサーのように自在に美しく動く背や脚を近々と見ていると、現実のこととも思えない。

ロストロポーヴィチさんの恍惚《こうこつ》の表情や、繊細な指の動きを、こんな間近で見て罰が当たらないかとドキドキする。若いオーケストラの楽士たちも名指揮の魔法にかか

ったようにいい音を出し尽くしていた。はじめはモゾモゾしていた子供たちもいつの間にか全身をのりだし、聞き入っている。

終わって、私は夢中で立ち上がり、聴衆を立たせた。拍手の嵐《あらし》が止《や》まない。内気な町の人たちも、熱気に酔って拍手を止めない。お二人は三度もアンコールに応《こた》えて下さった。音楽とボランティア万歳。

（2002・8・18）

籔内童子《やぶうちどうじ》と正倉院展

小沢プッツンで、国中が動転している日、奈良へ出かけた。その日しか私のスケジュールは空いていなかったので、新聞を車内に持ちこんで遮二無二行く。どの新聞も小沢さんの大きな写真が目立つ。選挙に勝つとか負けるとか、党本位のことをいっている場合ではあるまい。日本という国の危急存亡が問われているという危機意識が政治家の誰にも感じられないのが歯がゆい。

奈良で興福寺にまず寄る。その後で正倉院展に行く予定である。最近、片目を悪くしたので、急に、何でも見ておかなくてはと思いはじめた。いつ死んでも不思議でない年齢だ。加齢黄斑《おうはん》変性という病名のついた眼病に取りつかれたので、いつ失明するかわからない。よい方の片目が、よりよく見えるうちに、冥土《めいど》の土産に何でも見てやろうと、少しあせっているのかも知れない。

正倉院展は近年、いつも多忙にまぎれて、気がついたら終わっている。今年は何が何でも見ておきたいと心を決めていた。

天気予報は雨だと報じていたが、奈良は曇天だが、降ってはいない。午前中なのに、大変な人出でびっくりする。

興福寺に入ると、庭にお目当の籔内佐斗司《さとし》さんの七福神童子が、雨を心配してか、可愛《かわい》らしいお揃《そろ》いの蓑《みの》を背負って白い番傘をかかげて、苔《こけ》の庭に思い思いの表情で立っている。思わず笑いがこみあげてくる可愛らしさ。めいめいの童子が七福神のお面を両手で持っている。

籔内さんは長年国宝級の仏像修復に携って腕を磨いた彫刻家である。その技術を活《い》かして籔内童子という天下に類を見ない独特の個性的な童子を産みだした。作者御本人とそっくりの面魂《つらだましい》と切れの冴《さ》えた大きな目をした童子は、文字通り籔内さんの産んだ子供たちで、表情にも姿にもユーモアがあふれていて、何とも可愛らしい。小沢シヨックのもやもやが一気にかき消されて、心が晴れ晴れ和んでくる。團十郎《だんじゅうろう》さんと海老蔵《えびぞう》さんの贈った胡蝶蘭《こちょうらん》の鉢が、寺の縁側に出ていたので、私もあわてて花の手配をその場で電話する。忙しいとこんな心遣いもつい遅れるから恐ろしい。ほんとうは可愛らしい童子たちにはチョコレートか、ぼた餅《もち》でもあげたいところだけれど。

興福寺ではじめて御開帳の聖《しょう》観音様をこの庭から拝ませていただいて、すっかり心が洗われた。ゆっくり公開中の仏像を拝観して、奈良ホテルで超美味《おい》しいホテル名物のサンドイッチを食べ、時間をつぶして正倉院展へ向う。連日の人出でとても見物し難いと聞いていたが、どうにか入りこむと、やはり長蛇の列が、ゆっくり出品物を眺めながら蟻《あり》の這《は》うように前進している。私は上手に列のすき間から覗《のぞ》いていく。私だと気付くと見物人たちが喜んで場所をあけて入れといってくれるが、そんな失礼なことはしない。あまり派手な出品物はなかったが、聖武《しょうむ》天皇や光明《こうみょう》皇后が日常お側《そば》に置かれたらしい調度類が目についた。古文書が多かった。

正倉院展にこれだけの人が集る日本の平和をしみじみ噛《か》みしめた。雨はついに降らなかった。

（2007・11・10）

文楽を守れ

徳島生まれの私は、正月は朝早くから戸口に立つ人形まわしの三番叟《さんばそう》が運んでくると思っていた。ふだんは農家の人が、白い衣をつけ人形を持って二人づれで訪れる。その人たちにお餅や心づけのお金を渡すのは私の役目だった。

また、小学校に上がる頃は二つのつづらをかついでくる「箱まわし」と呼ばれる人形遣いを待ちかねた。後年の子供たちが紙芝居を見たように一銭で飴《あめ》を買い、つづらから取り出された人形の動きに見とれた。男の口三味線や浄瑠璃《じょうるり》によって舞う人形を見ているうちに、人間には死があり、この世には大人も泣くほどの辛《つら》いことがあり、男と女は好きあい、それは必ずしも幸いだけを呼ばないということを知った。それが私の文学の根になった。また、徳島には宇野千代さんの作品のモデルになった、人形の頭作りの天狗屋《てんぐや》久吉《ひさきち》も生きていた。

小説家になった私は文楽の世界にひかれて、『恋川』という人形遣いたちの小説を書いた。その取材で見物ではなく座の人のように楽屋にも出入りして、さまざまなことを教えられた。当時文楽を背負っていた桐竹《きりたけ》紋十郎さんから、二つの組織に分かれて経営破綻《はたん》に見舞われた時、文部省、財界、学界の識者たちが、文楽の文化的財産の価値を認めて「文楽協会」を設け、それ以来、文楽の技芸員たちは、文楽協会との契約によって出演し、協会から出演料も支給されていると聞かされた。

紋十郎さんは私の小説の終わりを見ることなく、ガンで亡《な》くなった。亡くなるまで、

「大阪で生まれて大阪が育てた文楽は、大阪の命でっせ、日本の誇りでっせ、守らなあかん」

と言っていた。

橋下徹《はしもととおる》大阪市長は府知事時代、年間三千六百万円だった府の文楽協会への補助金を二千七十万円に削減している。さらに府市統合本部の会合で、「文楽は守るけど協会は守らない」と発言し、昨年末には、現在五千二百万円ある市の補助金を「ゼロベースで見直す」と表明している。文楽協会ではこれを「文楽三百年の危機」と受け止め、六人の人間国宝を先頭に技芸員たちが、大阪で生まれ育った世界の無形文化遺産にもなっている「人形浄瑠璃文楽」を守ってほしいと切実な声をあげている。

橋下さんは、府知事時代、一度だけ文楽を見たそうだ。あと何回か見てほしいと思

う。敗戦以来、日本は武器を捨て、世界と対等につきあう力は文化しか残されていない。世界に誇る文化遺産の前途を危うくするような案には慎重になってほしい。
最近の自信満々の橋下さんの言動に、かつてのドイツの独裁者の姿が重なって見えるのは、超老人の私の目だけだろうか。

（2012・3・3）

復興への燭光《しょっこう》

今年三月十一日に発生した東日本の大地震、大津波に引き続き、福島の原発事故と、天災、人災による未曾有《みぞう》の災厄に見舞われた災害の東北に、ようやくこの度はじめて、明るい報《しら》せがもたらされた。

「平泉」（岩手県平泉町）が世界遺産に登録されるという報せがあったという。

世界遺産への登録の可否を事前に審査するイコモス（国際記念物遺跡会議）から、登録を勧告する評価結果が出たそうで、六月にパリで開かれるユネスコの世界遺産委員会で正式に決定を見る。ここまでくれば、もう決定したと解していいだろう。「平泉」はすでに三年前、二〇〇八年の世界遺産委で「登録延期」の苦杯をなめている。今度はそれにもめげず、昨年一月、再挑戦した結果、功を奏したわけである。

平泉中尊寺は、一九七三（昭和四十八）年十一月十四日に、私が出家得度させていただいたところである。その時の中尊寺の貫主だった今春聴《こん》（俗名・東光）師を導師と仰いだ仏縁からであった。その縁はまた、私を岩手県極北の天台寺（中尊寺の末寺）の住職に導いた。こうして予期せざる仏縁によって、私はそれまで全く無縁だった東北と深く結びつけられてしまった。

今度の東北の災害も、平泉世界遺産の件も格別の想《おも》いで受けとめている。

金色燦然《さんぜん》と輝く金色堂へ今師に案内された時の師の声も思い出す。

「この金色堂は、私が貫主になった時は、ぼろぼろに傷《いた》んでいた。それを元の姿に復興することが私の役目だと、ここに立った時悟ったのだ。幸い日出海《ひでみ》（令弟）が文化庁長官だったから、便宜も図ってもらって、この大事業が果たせた。すべてはご本尊さまのお力のおかげだ。私の非力でできるわけはない」

そのあと、師はさらに情熱をこめて平泉に君臨した藤原四代の歴史を語りつづけられた。

初代清衡《きよひら》は七歳の時、前九年の役で父藤原経清《つねきよ》が斬首《ざんしゅ》されたあと、母が敵方の清原武則《たけのり》の息子に子供づれで嫁ぎ、命を守られた。長じて後三年の役に勝ち残り、全奥《おう》州《しゅう》の覇者になった時、戦いのない平和国家を夢見るようになっていた。幼い時から戦いの地獄を見尽くしてきた清衡の政治目的は、平和と文化にしぼられた。

平泉に移り住み、そこに東北の京都を描き、平和の中心に仏教を据えた。寺を建て山に桜を植え、中心地に中尊寺を据え、さらに境内に金色堂を建て、黄金を惜しみなく使い目もまばゆく荘厳《そうごん》した。この世の浄土を出現させたつもりだった。清衡の平和主義政策は、二代、三代と受け継がれ百年にわたる平和仏国土が保たれた。しかし、四代目泰衡《やすひら》は、父の秀衡《ひでひら》がかくまった義経《よしつね》のため、頼朝《よりとも》に滅ぼされている。

永遠の平和を守ることがいかに至難の業かということを思い知らされる歴史である。

今も金色堂に眠っている四代の霊も、今師の御霊《みたま》も、この度の平泉の朗報を、東北復興への燭光と喜ばれているだろうか。

（2011・5・14）

白亜の巨大墓

「ふるさとは遠きにありて思ふもの」

と、詩人は歌っている。とかく芸術家はふるさとからは冷たく扱われるものである。なぜなら、いかなる芸術家も昔は小さなガキではな垂れっこであったし、わんぱく坊《ぼう》主《ず》であったし、甘えっ子であった。可愛いと思うのは親ばかりで、たいていの大人は、人の子供をもて余し、うるさがっていた。その子供が、成人して思いがけなく社会で認められて名を上げても、「ああ、あそこのガキは、昔は始末の悪いわんぱくだった」など、話されるのがおちである。

ところが横尾忠則《ただのり》さんは例外的のように思う。横尾さん自身、ふるさとの兵庫県西《にし》脇《わき》市を事あるごとになつかしく話し、書いている。高校までしかそこにいなかったのに、西脇市でも横尾さんの世界的に名の轟《とどろ》いたグラフィックデザイナーとしての美術家ぶりを誇りにして、美術館を建て、横尾さんの作品を集めたり、展覧会を開いたりして歓迎している。

さらに、兵庫県立の横尾忠則現代美術館が十一月三日にオープンした。二日には開館記念式典が盛大に行われた。私も半世紀に及ぶ密接な友人の一人として出席した。この美術館は六年前、横尾さんが自分の莫大《ばくだい》な作品を収める倉庫はないかと兵庫県に相談した時、即座に兵庫の知事が、「それなら横尾さんの美術館を作ったらいいでしょう」と発案し、六年後の現在、その話が実現したというものであった。

夢のような話だったと横尾さんは述懐していた。大きな白亜の館内には莫大な横尾さんの作品がすっかり収まり、まだ、死ぬまで描くであろう未来の作品も十分収まるという。今年七十六歳の横尾さんは十九歳の時、神戸新聞に勤め、そこでめぐりあった女性と結婚し、一男一女を得ている。「この美術館の近くに、ぼくらの新婚のアパートがあった」と、横尾さんが照れもしないでなつかしがる。結婚式なんかしなかったという横尾さんは、開会して間もなく運びこまれた巨大なケーキに目を丸くする。いつも三宅一生《みやけいっせい》の服をぴたりと着こなしている華やかな横尾夫人が呼び出され、御両人たちの全く予期しなかった、ウエディングケーキカットが行われた。

会場に二人の結婚式の写真の代わりの絵が何枚も時代別にかかげられていた。一つの主題を、何度でも繰り返し扱うのがこの展覧会の題の「反反復復反復」ということだと横尾さんは説明する。

華やかな会場で結婚披露宴までしたこの夜の横尾さんは、子供のように素直な表情をして、うれしさを隠さなかった。

「神戸は僕の就職と結婚を決めた場所です。まるで鮭《さけ》が産卵するためふるさとに帰るように神戸に帰ってきました。僕はこの美術館で鮭が卵を産むようにまた作品を作っていきたい。展覧会の企画も、すでに五十一もの構想が湧《わ》き出してきました」

と挨拶《あいさつ》した横尾さんは、全作品が収まるここそ自分の墓になると、和やかな声でいった。

ふるさとに愛された幸せな芸術家である。


（2012・11・10）

トマス・アクィナスとの縁

九十二歳の誕生日を迎えた直後から寝床につき、半年たった今も自宅でリハビリに明け暮れている私に可能なことは読書だけである。この半年ほど集中して読書できたことはない。その朝も私はベッドに横臥《おうが》したまま顔の上に新聞を広げた。新聞の広告欄に目をむけたとたん、私は体の痛さも忘れベッドの上で飛び起きそうになった。『トマス・アクィナス　肯定の哲学』という活字が私の目に飛びこんできたのだ。著者は山本芳久《よしひさ》という哲学者。山本氏が傾倒している聖トマスとも呼ばれているイタリア人は、『神学大全』の著者として知られている。さらにいえばアリストテレス哲学を採用して、キリスト教神学を体系化した中世スコラ哲学の第一人者といわれるだろう。

初めて私がトマス・アクィナスとの縁ができたその頃、私は全くこの偉大な人に無知であった。その頃とは、一九四八年三月頃で、あと二カ月で私は二十六歳になろうとしていた。私が夫と三歳の女の子を残し、穏やかな家庭を飛び出し、放浪の暮らしに入った頃である。あれから六十六年の歳月が過ぎ、家出の名目にした、小説家になりたいという目的をどうにか果たした上、ちゃっかり出家までしている。着の身着のまま、真冬にオーバーも着ず、無一文で家を出た私は、京都に住む女子大からの親友恭子さんの下宿に転がり込み居候《いそうろう》を決め込んだ。台湾育ちで英文科を出た恭子さんは進駐軍に勤めていて、高給をとり、弟さんを京都大学に通わせていた。姉弟《きょうだい》の下宿は京大の学生がほとんどだった。

恭子さんは一カ月もしないうちに私の勤め口まで探してきてくれ、ささやかな出版社にもぐりこんだ。下着から服まで、恭子さんから借り、勇んで私は出社した。

机を並べている編集者は六人で女は二人。私の隣には、一カ月ほど早く入社したという光子さんがいた。この人も私と同じ年で、すでに少女雑誌や童話が売れていて、近くこの社から彼女の童話の本が出版される段取りになっていた。目の大きな魅力的な美人で、宝塚の舞台に女役で立っていたという。

私に初めての仕事が与えられた。毎日偉い哲学者の家に通い、口述筆記で先生の原稿を頂いてこいという。勇んで先生の書斎に通い始めた私は、一週間もたたないうちに先生からクビにされた。理由は私が毎度十分もすると眠ってしまうという。体が悪いのではないかといわれた。あわてた編集長は、私の代わりに光子さんを差し向けた。美人で気の利《き》く光子さんを先生は大いに気に入り、原稿は急速に進んだ。健康診断を受けさせられた私は、栄養失調と診断された。配給票も持たずに家出したので私は下宿の学生たちから学生の食券を闇《やみ》買いし、それで学生食堂で一日一食は食べていたのだが。

先生の原稿を編集部全員で本にする作業にとりかかった。私の校正があまりにずさんで編集長が怒り、一つ間違えたら罰金をとると定められた。月末の給料日に編集長が「瀬戸内くんの罰金で今月の給料は出ないよ」と言った。私はその場で泣きだしてしまった。社長が慌《あわ》てて、「給料は出すよ」と寛大に言った。その本の題名こそ、トマス・アクィナスの『人間論』だった。

（2014・12・7）

ノーベル賞のこと

連日で、今年のノーベル賞の日本人受賞が報じられた。久しぶりに聞く朗報である。医学生理学賞の大村智《さとし》氏も物理学賞の梶田《かじた》隆章《たかあき》氏も、テレビで見る限り、揃《そろ》ってすてきな人柄が表れたいいお顔をしていらっしゃる。お二人とも愛妻家で受賞は妻の内助のおかげと言われる。亡《な》くなられた夫人の遺影の飾られた仏壇の前で丁寧に祈り、喜びと感謝を捧《ささ》げる大村氏の姿に感動したが、若い梶田氏が電話で誰よりも先に「もらったよ」と告げる明るい声が聞こえるような気がした。

ノーベル賞の季節がめぐってくる度、思い出されるのは、川端康成さんが小説で日本人としてははじめて受賞された時のことである。その頃、私は目白台のアパートを仕事場にしていて、そこへ円地文子さんが源氏物語の現代語訳をする為《ため》、仕事場として越して来られた。川端さんのノーベル賞受賞が発表された日、興奮した表情で、円地さんが「こういう時は、吾々《われわれ》はすぐお祝いに駈《か》けつけるのが礼儀です」といわれ、私も着替えをせよと命じられ、二人で鎌倉《かまくら》の川端邸へ駈けつけた。お祝いは私たちが一番乗りだった。

川端さんはそれまで見た中で一番晴れやかな表情をして、ま新しい和服を召され、床柱を背負って坐《すわ》っていられた。円地さんが改まった口調でお祝いを申し上げる背後で、私はひたすらかしこまってお辞儀ばかりしていた。そのうち次々お祝いの人が現れ、私は円地さんの背後でじっと坐っていた。

早く帰りたいと思ったその時、入り口の報道陣の空気が、さっと殺気走ったように感じられ、目をあげると、三島由紀夫《ゆきお》さんが紺のスーツを礼服らしく身につけ、大股《おおまた》で座敷に入ってきた。誰の目も見ず、真直《まっすぐ》、川端さんの顔だけを見つめ、その膝前《ひざまえ》で正座すると、腋《わき》にかかえていた洋酒の包みをうやうやしくさしだし、お祝いですと低い声でいい、声を一段と張りあげるようにして、

「この度はノーベル賞の御受賞まことにおめでとうございます」

と朗々と言った。川端さんは、誰の祝辞の時よりもにこやかな顔になり、「ありがとう」と言われた。円地さんが帰り道、興奮した口調で話された。

「今日は、凄《すご》い劇的な場面を見たわね。ほんとは三島さんが欲しかったのよ、どういういきさつか、川端さんが先に貰《もら》われた……」

それから何年かたち、三島さんが割腹自殺し、川端さんがその二年後、仕事場でガス自殺をとげられた。

更に何年か後、三島さんの弟さんの平岡千之《ちゆき》氏がポルトガル大使をされていた時、たまたまポルトガルへ旅した私は、大使に誘われて度々大使館に伺った。大使の話されることは三島さんのことばかりで、「ノーベル賞を兄が貰っていたら、兄も川端さんも死んではいなかったと思います」と言われたことがショックで忘れられない。

（2015・10・11）

新しい男友だち

芥川《あくたがわ》賞作家の田中慎弥《しんや》さんと最近友だちになった。

私は芥川賞も直木賞ももらっていないので、いつの間にかこの賞が嫌いになって、授賞式にも全く出かけたことがなかった。ところが親しかった井上光晴さんの長女の荒野《あれの》さんが直木賞をもらったので、あの世で井上さんがどんなに喜んでいるだろうと、井上さんの霊に功徳《くどく》するつもりで一度だけその式に出て、その盛大さにびっくりした。荒野さんにはフェミナ賞を私が選者の一人として、ずっと前にあげていたので、その縁もあった。荒野さんの書くものははじめから純文学そのもので芥川賞系だと思っていたので、直木賞ということにもびっくりした。想定外ということは天災以外にも世の中にはいっぱいあるようだ。

田中慎弥さんの受賞会見のテレビをたまたま見た。全く偶然、テレビに指が届いたら、その場面が映っていて、田中さんが面白くなさそうな顔をして、当然自分は芥川賞をもらう人間だみたいなことを言っていた。何度も候補になり、これまでくれなかったので、内心ハラを立てていたのだろう。その態度や発言が不遜《ふそん》だとか、ずうずうしいとか波紋を呼び、作品自体より一躍その会見場面の件で話題の人となってしまった。

私はテレビの田中さんを見て、感じのいい好きな顔立ちの人だと思い、その言動も面白いと感じたので、その件で非難めいた評の出るのが意外であった。芥川賞受賞作はほとんど読まないことにしていたが、田中さんの受賞作『共喰い』は早速読んでとても面白かった。才能の豊かな、いくらでも書ける大器だと直感した。ところが後で選評を見ると、どの評も、否定か、仕方なく推すようなもので、あまりほめられてもいなかった。選者も質が下がったなと思った。

間もなく『共喰い』を載せた文芸雑誌「すばる」から、田中さんとの対談依頼が来た。今一番会いたい人物に、田中さんが私をあげたからだという。私は田中さんが源氏物語の原文を二回、現代語訳を三回読み通したという話も気になっていたので、対談を受けた。

実物の田中さんが、編集者やカメラマンと寂庵を訪ねてくれた。写真よりハンサムのすがすがしい男性だった。一見おとなしそうに見えたが、よく喋《しゃべ》った。雑誌に載ることを忘れて、私たちは思いつくままを実に愉しく喋った。

受賞作の中の女たちがみんなそれぞれ魅力的に書けていたので、それを言った。源氏物語について、あれは天皇になりそこねた男の恨みの話ではないかという田中さんの意見も面白かった。紫式部がそれを作品の中に縫いこめてあるのを大方の人は見がしている。

つい最近『田中慎弥の掌劇場』という本が贈られてきた。川端康成の『掌《てのひら》の小説』を念頭において書いた田中さんのショートショートを三十七集めた本だった。「やられた！」と私はうなった。最晩年、私は毎日こんな掌小説をひそひそ書いてペンを持ったまま死にたかったのだ。

（2012・4・14）

新しもの好きの電子ブック

第十九回「東京国際ブックフェア」が開かれ、私は当日のイベントの一つとしての講演の第一回目の講師となって出席した。

たまたま、七月五日の当日より数日前から電子書籍について最近の活況が新聞などに出はじめていた。私は予定通り、考えていたことを話した。

当日は、これまでで最大の規模の大きさのブックフェアとなったそうで、一渡り、会場を見てまわったが、とても一日で見きれる規模ではなかった。

特に気をつけて電子ブックの場を注意して見廻った。

私は電子ブックの普及は、もっと早く訪れると判断していた。

一昨年の暮れから、背骨の圧迫骨折で半年間、病床生活した間に考えているうち、電子ブックの将来性を絶対的に信じるようになった。たまたま、友人の船山浩平《こうへい》さんと、尊敬する作家の村上龍《りゅう》さんが電子ブックの会社をたちあげたと聞き、早速、私も同人にして欲しいと申し込み、村上さんの快諾を得て、私も「G2010」という電子ブックの会社に属することになった。そして新作を作れといわれ、病床の中で必死に小説を書き『ふしだら』という電子ブックを持つことになった。

しかし、私の予感、もしかしたら霊感は、一向に利かず、その後、電子ブックの動きは止まったままにすぎた。

寝ながら自分の電子ブックを読んでみて、私はこれは、若い人だけでなく老人に便利な読書方法と感じた。紙の本より軽いし、指一つの操作で、たちまち文字は大きくなるし、寝たきりの老人でも一人で楽しめる。わからない言葉や事柄も、指先一つで、辞書並みの解説がたちまちあらわれる。

子供時代から、パソコンに馴《な》れている今の若い人はもちろん、これからの子供たちも、そのうち、みんな電子ブック党になるだろう。教科書も当然、電子化されるだろう。

ところが『ふしだら』はさっぱり反響がなかった。それでも私はあきらめなかった。なぜなら、印刷の歴史を考えただけでも、二千五百年前の釈迦《しやか》の時代は、紙がなく、バイタラ葉の葉っぱに、石のとがったものや釘《くぎ》などで釈迦の言葉を書きつけ、その葉を重ね合わせ、一方をとじたものが経典の原点になっている。その後、銅板や木の板に文字が彫られ、それが紙に印刷されるようになり、印刷機の普及で現在のようになった。昔は拾字工が存在して一字一字活字を拾っていたものだ。

今後は益々《ますます》印刷術も時と共に進むだろう。それにつれて、本が紙だけに頼る時代はつづくわけはない。その後、私の電子ブックは、伝記物を八冊電子化して、今度のブックフェアに並べてもらった。講演は、その話をしたら大受けして、今まで腰の重かった各出版社がこぞって相談に来だし、講演の反響がツイッターで飛びかっている。二年遅かったが、私の新しもの好きの予感と霊感は当たったようだ。

（2012・7・7）

今、福田恆存《つねあり》の対談集

福田恆存の名をしっかり覚えたのは、一九四四年で、前年から私は結婚して北京で暮らしていた。女子大で一級上だった仲よしの友人の結婚相手が福田恆存という評論家だったのだ。私が福田さんの実像に会ったのは、敗戦後引き揚げてきて大磯《おおいそ》（神奈川県）の福田家を訪ねた時が初めてだった。夫人の敦江さんは女子大でも目立つ美人で、秀才で、学生演劇ではいつも主役だった。

敦江さんが卒業して勤めた文部省（現・文部科学省）で福田さんが見初めて熱烈に求婚されたとか。

当時の福田家は、現在の前の家で、向いが島崎藤村の家だった。その時、木の香りも新しい建て増しらしい福田さんの書斎も私はこっそりのぞいた。背後の壁一杯が本棚になり、庭に面した窓ぎわに座り机がある簡素できびしい感じがした。生まれて初めて見た作家の書斎で、身震いがした。それまで私はこの評論家のつとに高い名声も仕事の立派さも何も知らず、好きな女友達の夫というだけの関係に甘えて、短い小説の原稿を見てくださいと送りつけたりしていたのだ。その返事は便箋《びんせん》何枚にもわたって丁寧な字で、

「これだけでは、あなたに小説家としての才能があるのか、ないのかわからない。それでも小説を書きたいなら、同人雑誌に入って、仲間にたたいてもらいなさい」

とあり、どうせ入るなら三田系の「三田文学」か、早稲田系の「文学者」がしっかりしていていいだろうと教えてくださった。そこで私は下宿に近い丹羽文雄《にわふみお》氏の家を訪ね「文学者」に入れてもらい、編集をしていた小田仁二郎《じんじろう》にめぐりあったのである。

小田のくれた本が真善美社から出ているアプレゲール叢書《そうしょ》の一冊で、自作の『触手』であった。その本の後方に解説文があり、それを書いた人が福田恆存だった。

「『触手』はヨーロッパ文学の今日の水準に移し植ゑても依然として新しさを失はぬものであるにそういない」

とあった。それを見なかったら、私は果たして小田仁二郎との長い不倫の歳月を持ち得たかどうかわからない。

あの頃の熱っぽい生活はすでに半世紀も昔のことになり、小田仁二郎も、福田恆存もすでにない。最近私は『福田恆存対談・座談集』を読み直している。文学全集、飜《ほん》

訳《やく》全集、戯曲全集、評論全集と書棚に並んだ中で最も新しいのが対談・座談集で第七巻で完結する。

目下、私のとりつかれているのは第四巻『世相を斬《き》る』で、対談の相手はほとんどもう故人になっているが、昭和最後の十年間に語られた言葉は現在の対談を聞いているようにみずみずしい。「平和と民主主義」「アメリカの対日政策」「日本人の国防意識」「日本の安全保障」等々。教育も芸術も語られていて、それが現在の世相で問題になっているすべての病根を手術して見せるように明らかに示してくれているのがうれしい。

（2012・9・29）

酒徒番付　西の大関として

かつて、今は亡き佐々木久子さん主宰の「酒」という雑誌があった。チャコという愛称で文士たちにも親しまれていた久子さんは、広島出身で、被爆者だった。彼女は日本酒を愛飲するばかりか、雑誌「酒」を発行し、全国の酒造家と交友し、日本酒の宣伝につとめていた。小柄で可愛らしいのに、凄いバイタリティーがあり、計画することはほとんど実現する能力もそなえていた。酒呑《さけの》みの多い文壇にも入りこみ、作家たちの中を自由に泳いでいた。「酒」には文士たちの原稿がいつも載っていた。

ある時、チャコが思いつき、文壇酒徒番付を作った。その番付の中で、私は西の大関になっていた。今から半世紀も前の私は角力《すもう》に全く関心がなく、テレビの角力も見たこともなかった。大関がどんな位置かもよく知らなかった。その頃、逢う人ごとに、

「私、酒徒番付で西の大関なんですよ」

と自慢していた。

「へえ、それはそれは。で、東の大関はどなた？」

「石原慎太郎さんです」

「ほ、ほう。それで、西の横綱は？」

「井上靖《やすし》さんです」

「ほ、ほう。それで、東の横綱は？」

「えーと、誰だったかな。忘れちゃった」

そんな程度の知識だった。ところがその頃から、大逆事件で唯一《ただ》人、女の死刑者になった管野須賀子のことを小説に書きだしたので、当時の革命家として生き残っていた荒畑寒村氏に取材して親しくなり、荒畑氏を何度か京都へもお迎えした。そのたび、荒畑氏の廻りにはファンの学者やジャーナリストが集まる。

しかし、たまたま角力が始まっていてテレビに映されていると、荒畑氏は客など見向きもしなくなり、テレビに釘付けになってしまう。

そんな場に度々付き合ったおかげで、私にも少し角力がわかってきて、いつか、角力茶屋の女将《おかみ》さんと懇意になり、席をとってもらうことにも慣れてきた。角力弁当の美味しいこと！　中でも焼き鳥の串《くし》ざしのおいしさには病みつきになってしまった。

角力が小説になったのは、坂口安吾《あんご》の『青鬼の褌《ふんどし》を洗う女』で、私は安吾のファンで安吾賞も貰った縁者だが、一番好きな安吾の小説がこれである。弱い力士をひいきにしている女の話である。

さて、現在の力士たちは、三人の横綱をはじめ、強い力士のほとんどが外国人である。これでは国技だと威張れまい。いっそ角力スポーツと名づけてしまえばいいのにと思っていたら、ようやく稀勢《きせ》の里《さと》が横綱になりそうで、日本人のファンとしては期待にわくわくしてきた。しかし今回は、日馬富士《はるまふじ》が久しぶりに優勝して、稀勢の里は綱取りをのがしてしまった。ところで白状するが、私は前々から日馬富士のかくれファンなのである。体の小ささや、生真面目《きまじめ》な表情や、技のスピードが好きだ。日本人の綱取りが遅れたのは惜しいが、日馬富士の今場所の技の鮮やかさは、心を満たしてくれた。

（2016・7・31）

あとがき

この本にまとめられた文章は、「京都新聞」の「天眼」と名づけられた随筆欄に毎月一回ずつ載せられたもので、旧《ふる》いものは一九九七年六月から、新しいものは二〇一六年まで、約二十年にわたって毎月執筆されたものである。他に、同欄に書かれている方々も、京都在住の各界の名士の方たちであった。

この注文をはじめて受けた日のことを、よく覚えている。私も京都の名士のひとりに認められたのかと、嬉《うれ》しくなり、期間はいつまでかと訊《き》いた。

「それが……あのう、お亡《な》くなりになるまで……で」

と、中年の記者さんが、口ごもりがちに答えられた表情もありあり目の中によみがえる。要するに、「天眼」に書かせてもらうのは、物書きとしては、晴れがましい舞台に上がることなのであった。

私は毎回、筆を洗うような気持ちで、緊張して書きつづけてきた。そうしてついに九十七歳の現在もまだ、この「天眼」を書きつづけている。今では毎回が遺書のようなつもりになってきた。

この本を担当してくれた新潮社の女性ベテラン編集者の桜井京子さんは、私とは長いつき合いで、私の新潮社の全集の担当もしてもらった。

長い連載の間に、私の考え方の変化も当然あらわれているのが面白いのではと、桜井さんは自信あり気に言ってくれる。

もうすぐ百歳になる私にとっては、今出る本のすべてが、遺言となる。

この本が店頭に並ぶのを、果たして生きた自分の目で見ることが出来るかと思うと、ちょっと緊張してくる。

いずれにせよ、二十年という長い歳月、私の文章に親しんで下さったあなた方に、心からの深い感謝を捧《ささ》げます。ありがとうございました。

二〇一九年七月

瀬戸内寂聴

協力　竹内紀子

解説――時代と向き合う作家の魂

重里徹也

瀬戸内寂聴さんといえば、思い出すのは笑顔でアイスクリームを召し上がっている姿である。本当においしそうにスプーンを口に運んでおられた。

二〇〇〇年代の初めの頃だったか。場所は東京・丸の内のホテルのレストラン。寂聴さんと秘書の方、私は当時、新聞社に勤めていて、同僚や出版局の社員とともにお会いした。何かの打ち合わせだったのだろう。午後のランチタイムを過ぎた時間だったので、私たちはコーヒーを頼んだのだが、寂聴さんは「私、アイスクリームが大好きなの」と言って、元気よく甘みと冷たさを楽しんでおられた。「私が好きなのはステーキとアイスクリーム」ともおっしゃった。そこに居合わせた中で、最も元気なのが最長老の先生だった。ああ、これが寂聴さんだなあとしみじみと思ったのを覚えている。

このエッセイ集でも、そんな寂聴さんの溌剌《はつらつ》とした表情が至るところで顔を出す。

苦労や不幸が少なくないのが人生だが、一方で生き生きと前向きに楽しみながらも生きていけるはず、と読者を元気づけてくれる。そこにはいつも捨て身でこの世の真実を求め続ける作家魂が息づいている。

文学とはなんと繊細で、しかし、根太く、芯《しん》の強いものだろう。寂聴さんの仕事を思うと、よくそういう感慨にとらわれる。この本に収められた文章でもそうだが、寂聴さんは絶えず自分を「文学に携わる人間」と規定していた。権力に媚《こ》びず、悪を見逃さず、弱者に温かい視線を注ぎ、挫折《ざせつ》した人やつまずいた人を勇気づける姿勢の背後には、いつも文学者としての魂があった。その魂が感受した世界のありようが、この一冊からひしひしと伝わってくるのだ。

この本に収められているのは、一九九七年から二〇一六年まで、約二十年間にわたって、京都新聞の随筆欄「天眼」に掲載された文章だ。嵯峨野《さがの》で暮らす寂聴さんにとっては、地元の代表的なメディアで、そのためにいつにも増して普段着で飾らない率直な寂聴さんの言葉に接することができるように思う。時に舌鋒《ぜっぽう》鋭く強権を批判し、時に優しく苦しんでいる人たちを励ます。そんな寂聴さんの肉声が聞こえてくるようなのだ。

新聞というメディアの特性として、その時その時のニュースに敏感に反応する寂聴さんに接することもできる。事件や事故を報じる記事と隣り合って同じ紙面に掲載されるコラムは、ある種の緊張を書き手に強いるはずだ。その緊張感に寂聴さんは簡潔な文体で単独で向き合っているといえばいいか。ここに確かに一人の人間が生身で世の中と対峙《たいじ》しているたたずまいが伝わってくる。

これらの文章が掲載された約二十年間とはどういう時代だったか。日本人にとっては、かなりきつい日々だった。社会の激動に翻弄《ほんろう》される時代であり、暗くてつらいことの多い毎日だったと振り返ることもできるだろう。

かつて「ジャパン・アズ・ナンバーワン」と謳《うた》われた経済力は徐々に蔭《かげ》ってきて、国民総所得（ＧＮＩ）がなかなか伸びない。中国に抜かれたのは二〇一〇年のことだった。その後、差は広がるばかりだ。少子高齢化が進み、東京一極集中もあって、地方は疲弊し、シャッター商店街があちこちで見られる。

一方で、インターネットやＡＩ（人工知能）に代表されるテクノロジーはどんどん進化して、世のありようが急速に変わっていった。少し前までの常識が覆《くつがえ》され、ＳＦの世界をそのままに生きているようなうわついた気分を強いられる時代でもあったと思う。日本の経済力の弱体化も、そういった変革に遅れをとった報いといえる面があるはずだ。

　そして、苦難と激動の日々に追い打ちをかけるように、自然災害が相次いだ。一九九五年の阪神・淡路大震災は今となっては、その先ぶれだったように思う。毎年のように水害の悲報がもたらされ、二〇一一年には東日本大震災で甚大《じんだい》な被害を被《こうむ》った。さらに、津波による原発事故は文明のあり方自体を深く問われるきっかけになった。


　今も続いている大きく揺れ動く日々。そういう中で、私たちを驚かせたニュースがいくつも思い出される。この本では、その一つ一つに誠実に向き合った寂聴さんの言葉が刻まれている。いくつか例を挙げてみよう。

　まずは、一九九七年に勃発《ぼっぱつ》した神戸の連続児童殺傷事件。小学生たちが相次いで殺されたり、傷つけられたりした事件で、酒鬼薔薇《さかきばら》事件とも呼ばれる悲劇だった。中学校の正門前に被害者の頭部が置かれるなど、その猟奇性が日本社会を震撼《しんかん》させたが、さらに捕まった犯人が中学生だったことは衝撃的だった。「酒鬼薔薇」とは犯人が犯行声明を出した時に自称した名前だ。

　寂聴さんはこの犯人が「アングリ」という言葉を使っていることに注目して、仏典では「アングリマーラ」という言葉がどのようないわれを持っているかを易しく説き起こす。

私は読んでいて、悲惨な事件がゆっくりと解体されていくのを感じた。寂聴さんは犯人の心理をさかしらに分析するのでもなく、社会と犯罪の関係をこれ見よがしに解説するのでもない。仏教徒として、静かに犯人の誤りを指摘するだけだ。そのことによって、私たち読者も平常心を取り戻す。興奮を捨てて、落ち着いて、この異常な事件に向き合うことができる。大きな視野で、少年の犯罪を考えることができる。これが寂聴さんの魅力である。

オウム真理教の信者たちによる地下鉄サリン事件が起こったのは阪神・淡路大震災と同じ一九九五年のことだ。思えば、この年が日本社会の大きな分岐点で、前述した苦難の時代を告げる二つの象徴的な出来事だったようにも思えて来る。

オウム真理教の事件は文学者や宗教者にとっても、大きな試練だったはずだ。高学歴の若者たちがなぜ、あのような荒唐無稽《こうとうむけい》な物語に陶酔し、悲惨な犯罪を引き起こすに至ったのか。果たして現代日本の文学者や宗教者は、オウム真理教よりも魅力的な物語を紡《つむ》いでいるのだろうか。人々に提示できるのだろうか。

オウム真理教の思想にハルマゲドン（人類の最終戦争）という考え方がある。二十世紀末に日本の多くの大都市が戦争で壊滅的な被害を受けるという思想だ。そして、オウムは地獄のイメージを信者たちに教えて死後の恐怖を植え付け、信仰に勧誘した。この終末思想は日本社会に生きにくさを感じている若者たちの一部に大いにアピールした。

しかし、寂聴さんは明快に反論する。一言だけ引用しておこう。

「今の、このわれわれの日常こそが地獄でなくて何であろう」

これも煽情《せんじょう》的でファンタジックな思想を解体する言葉だろう。この今の日本こそが地獄であれば、あの世の地獄も怖くない。私たちは地獄のような世界をどのようにして光を求めて生きていけばいいのか。それが問われているというのである。そのことを考えようと語りかけるのである。励ますのである。

ここにも作家の眼がある。よこしまな観念を解毒《げどく》するリアリズムがある。これが寂聴さんの姿勢である。物事に向き合う態度の根本にあるものなのだ。日常感覚を大切にし、この地上の世界を慈《いつく》しみ、生命の喜びを重んじる。こういう思想こそが、人々を惹《ひ》きつける寂聴さんの言葉の核心にあるものだ。オウム真理教という極端な信仰が、逆に寂聴さんの思想を照らし出し、浮き彫りにしている。

ところで、注意深く読めば、この本に収められた六十二編の文章には貫くものがあることに気づくだろう。それは伝統文化に対する敬愛である。古都である京都はそれを表現するのにとても適切な土地柄で、地元の新聞はそんな主張をするのにふさわしい場所でもあるのだろう。寂聴さんには京都がよく似合う。

もちろん、源氏物語全編の現代語訳でも知られる寂聴さんは日本の伝統文化に造詣《ぞうけい》が深く、知識が豊かだ。ところがここが大切なところだが、寂聴さんは固定観念を嫌う。文化とは、伝統を大事にしながら、絶えず更新していくものでもある。因習を後生大事に守っていくのが、伝統文化を大切にするということではない。逆にそういう文化は朽ちてゆく。なぜなら、寂聴さんの言葉を借りれば、「文化とは、人間が幸福に生きるための栄養素である」からだ。

寂聴さんが外国人の日本文化研究者を大切にすることや、伝統芸能の継承者が新しい試みをすることを楽しみにするのはそういう理由からだ。また、文学ミュージアムの今後の活動を思い、声明《しょうみょう》のすばらしさを訴え、文化ボランティアの活動に協力し、京都の景観を案じるのも、同じ思いから発しているのだろう。

寂聴さんが文化について語る言葉を読んでいると、人々の営みが何千年にもわたって、えんえんと続いてきたのを感じる瞬間がある。ここでも、目の前の事象が悠久の時間の流れという大きな視野の中で相対化される。それは、私たちに落ち着きや冷静さをもたらすものだ。深く考えることへ促すものだ。

新聞社の学芸部に勤めている時、寂聴さんは心強い存在だった。ハードルの高い仕事に、文学者や文化人が亡《な》くなった時に、社外の執筆者に追悼文を書いていただくというものがあった。亡くなった人の素顔や、その人の業績を書いていただくのだが、締め切りまで時間がない。急いで注文しないといけないのだが、まだショックの中にいる方も多く、そんな文章を書く気になれないと返事をされることも多い。他紙との競合もある。そんな途方に暮れた時に思い浮かぶのが寂聴さんの尊顔だ。

もう、寂聴先生にお願いしよう。そんな気持ちになるのである。この本にも、寂聴さんが死者を思う文章がいくつか収められていて、静かな感動を呼び起こす。寂聴さんほど、死者の人生を魅力的に振り返る書き手はまれだろう。それはいつも、えんえんと続く人間の営みの中に死者を位置づけようとするからなのだと思い至る。私たちはそのたびに、この世を生きることのすばらしさを実感するのである。

（二〇二二年一月、文芸評論家・聖徳大学教授）

この作品は令和元年八月新潮社より刊行された。

初出は、京都新聞「天眼」。掲載年月日は各話の末に記載。本文で言及されている組織名、肩書き、年齢などはすべて掲載当時のものである。

澤地久枝著
琉球布紀行

琉球の布と作り手たちの生命の物語。沖縄に住んだ著者が、琉球の布に惹かれて訪ね歩いて知った、幾世代もの人生と多彩な布の魅力。

岡本太郎著
青春ピカソ

20世紀の巨匠ピカソに、日本を代表する天才岡本太郎が挑む！　その創作の本質について熱い愛を込めてピカソに迫る、戦う芸術論。

丸谷才一著
笹まくら

徴兵を忌避して逃避の旅を続ける男の戦時中の内面と、二十年後の表面的安定の裏のよるべない日常にさす暗影――戦争の意味を問う。

水上勉著
櫻守

桜を守り、桜を育てることに情熱を傾けつくした一庭師の真情を、滅びゆく自然への哀惜の念と共に描いた表題作と「凩」を収録する。

三島由紀夫著
春の雪
（豊饒の海・第一巻）

大正の貴族社会を舞台に、侯爵家の若き嫡子と美貌の伯爵家令嬢のついに結ばれることのない悲劇的な恋を、優雅絢爛たる筆に描く。

川端康成著
古都

捨子という出生の秘密に悩む京の商家の一人娘千重子は、北山杉の村で瓜二つの苗子を知る。ふたご姉妹のゆらめく愛のさざ波を描く。

命《いのち》あれば

新潮文庫　せ－2－46

令和四年三月一日発行

著者　瀬《せ》戸《と》内《うち》寂《じゃく》聴《ちょう》

発行者　佐藤隆信

発行所　株式会社新潮社

郵便番号　一六二―八七一一
東京都新宿区矢来町七一
電話　編集部(〇三)三二六六―五四四〇
　　　読者係(〇三)三二六六―五一一一
https://www.shinchosha.co.jp

価格はカバーに表示してあります。

乱丁・落丁本は、ご面倒ですが小社読者係宛ご送付ください。送料小社負担にてお取替えいたします。

印刷・錦明印刷株式会社　製本・錦明印刷株式会社

ISBN978-4-10-114446-7　C0195